童话大王开讲 3

TONGHUA DAWANG KAIJIANGLE

翡翠戒指与魔王

廖胜根 ◎ 编著

上海科学技术文献出版社
Shanghai Scientific and Technological Literature Press

图书在版编目（CIP）数据

翡翠戒指与魔王/廖胜根编著. ——上海：上海科学技术文献出版社，2018
（童话大王开讲了）
ISBN 978-7-5439-7567-5

Ⅰ.①翡… Ⅱ.①廖… Ⅲ.①童话－作品集－世界 Ⅳ.①I18

中国版本图书馆CIP数据核字（2017）第241136号

责任编辑：李 莺 苏密娅
封面设计：吕宜昌

丛书名：童话大王开讲了
书　名：翡翠戒指与魔王
廖胜根　编著
出版发行：上海科学技术文献出版社
地　　址：上海市长乐路746号
邮政编码：200040
经　　销：全国新华书店
印　　刷：三河市人民印务有限公司
开　　本：787mm×1092mm　1/16
印　　张：8
字　　数：70千字
版　　次：2018年5月第1版　2018年5月第1次印刷
书　　号：ISBN 978-7-5439-7567-5
定　　价：28.00元

http://www.sstlp.com

目录 CONTENTS

- 1 翡翠戒指与魔王
- 4 小穆克
- 10 驱鼠的吹笛人
- 13 傻子与金鹅
- 17 甲虫
- 24 踩面包的姑娘
- 27 小洛狄
- 31 蚂蚁国
- 34 苏和的马头琴
- 37 黑鱼精与三潭映月
- 40 红鸽子
- 44 贝浩图的故事
- 51 智者盲老人

58　终生不笑者
67　狐狸的悲伤
69　吹箫的渔夫
71　兔子的"新娘"
74　麦草、煤块和豆子
77　神秘的小鞋匠
80　黑白新娘
87　玻璃瓶里的妖精
93　金山国王
99　不说谎的人
104　农夫与魔鬼
106　三兄弟
110　阿诗玛
114　夺宝男孩
116　半拉子鸡
122　金蕨花

翡翠戒指与魔王

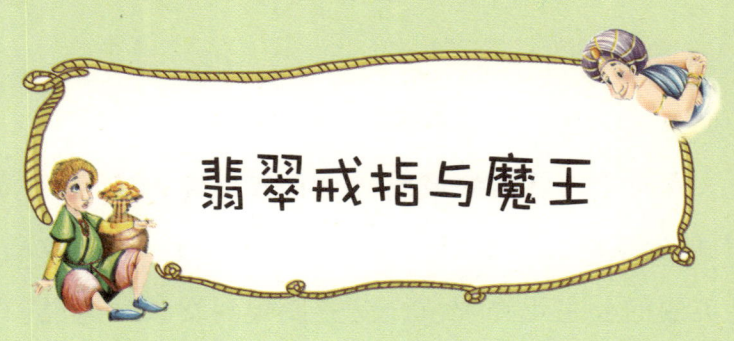

汉克斯是一位健壮的勇士，有一天，国王召见汉克斯，说："亲爱的汉克斯，快去救我那失踪多年的女儿吧，祝你好运！"于是，汉克斯带着宝剑出发了。

穿过一座茂密的森林时，一个女孩拦住他，说："我要给三个朋友分配驴子，要是你能让大家都满意，我就放你过去。"汉克斯砍下驴头交给蚂蚁，砍下驴子的大腿交给鹰，最后把驴子的身体交给狮子。女孩很高兴，送给汉克斯一只翡翠戒指，说："对着戒指呼喊，你就能变成世界上最凶猛的狮

子、最强健的鹰、最微小的蚂蚁。"

汉克斯来到妖怪的城堡，对着戒指说："让我变成一只鹰吧！"他变成鹰飞到紧闭的窗户外，又变成一只蚂蚁爬进金屋，看见美丽的公主正在哭泣。汉克斯爬到女孩耳边说："亲爱的公主，我奉国王之命前来救你出去。"

公主用手捧起了小蚂蚁，说："我们得想办法先除掉妖怪的灵魂才行，否则他永远也不会放过我。"接下来，公主用佳肴美酒迎接妖怪，假意说："亲爱的，我现在可爱你了。能告诉我你的灵魂在哪里吗？那样我会更爱你。"

妖怪得意地说："宝贝！我的灵魂藏在一个最隐蔽的地方，我只告诉你一个人。"

原来呀，森林里有一头勇猛的黑狮子，肚子里生活着一只勇猛的黑鹰。黑鹰的肚子里有一个坚硬的黑蛋，妖怪的灵魂就藏在黑蛋里。要是用黑蛋打妖怪的额头，黑蛋就会破碎，灵魂就会散开，妖怪就会马上死掉。汉克斯立即穿过墙壁缝隙，变成老鹰飞到了森林。他变成世界上最凶猛的狮子，咬死了大树下的黑狮子；又变成世界上最神速的鹰，咬死了黑鹰。城堡的妖怪一阵阵难过，喘着粗气跌倒在地上。

汉克斯拿着黑蛋回到城堡，狠狠地砸向妖怪的额头。随着黑蛋四分五裂，妖怪永远消失了。汉克斯带着公主回到皇宫，得到了很多很多的赏赐。

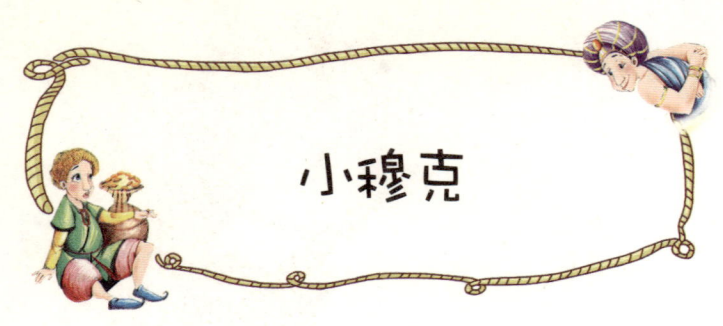

小穆克

小穆克的身材非常奇怪。他有一个大大的脑袋，比南瓜还大，但是身子却很瘦弱，四肢也很短小。如果你在路上看到他，一定会担心他时刻要摔倒。正是因为他奇怪的身材，他的父亲和亲戚都不喜欢他。

有一个雨天，小穆克的父亲摔断了腿，再也没有好起来。亲戚们也不照顾小穆克，而是把他撵出大门，让他出去自食其力。于是，小穆克带着父亲的一件旧衣服、一条宽腰带、一把大马士革剑和一根小木杖出发了。

一路上，他边走边唱，非常开心，梦想着未来美好的生活。到了晚上，他才体会到独自一人，又身无分文的痛苦。他真的是非常非常饿了。

"快进来，快进来，我煮好了稀饭，准备了菜，请来喝个痛快，邻居们，快进来……"路过一座高大华丽的房子时，小穆克听到里面有一个老妇人的声音在召唤着。他犹豫了一下，最终还是抵挡不了食物的诱惑，进去了。

"你是？"一个老太太疑惑地看着小穆克，问道。

小穆克把自己的经历一五一十地说给了老太太听。

"呵呵！"老太太笑了，说，"本来我是在宴请自家的猫和邻家的猫的。看你怪可怜的，就留下来一起吃吧。"等小穆克吃完饭后，老太太把他带到了一个大房间里，让他好好地睡了一觉。

　　第二天,老太太建议小穆克留下来做自己的仆人,每个月会按时给他工钱,并且供他食宿。小穆克开心地答应了,他觉得自己找到了幸福的生活。

　　刚开始一段时间,小穆克过得还真不错。可惜好景不长,原来老太太的猫非常坏,它常常打坏屋子里的瓷器,到处惹是生非。最可恶的是,它一听到老太太的脚步声就马上很乖地躺在地毯上,好像什么事情也没发生过似的。于是,老太太就把所有的过错都算到小穆克头上。小穆克觉得很委屈,也好伤心,暗暗地,他就产生了离开的念头。可是,老太太总是不把许诺的工钱发给他。

　　有一天,老太太的一只小狗咬着小穆克的裤管,拖他来到一间房子里。原来,小狗是要报答小穆克。因为老太太总是偏爱猫,小狗常常被冷落,只有小穆克关心它。

　　那是一间破旧的屋子,里面有一双好大的拖鞋。虽然善良的小穆克决定离开了,他还是不愿意乱拿属于老太太的东西。但他看到那双大拖鞋很破旧,心想老太太一定没用了,便穿上它,拿了一根木杖离开了。

　　谁知一穿上那双鞋子,他就不由自主地快跑起来,直到他喊停。他累得躺在地上,不知不觉做了一个梦。在梦里,小狗告诉他,那双拖鞋具有魔力,只要转三圈,想到哪里拖鞋立刻就可以把他送到哪里。更神奇的是,小穆克拿走的木杖也具有神力,遇到金子时会在地上敲三下,遇到银子时就敲两下。小穆克醒来后迫不及待地按小狗的话试验起来。他真的马上来到了想象中的大城市。

　　这时,城中正在为国王招募信使。小穆克想,有了神奇的拖鞋,信使的工作对自己再合适不过了。于是，小穆克就来到王宫，请求做一名信使。刚开始国王还不相信小穆克能跑得很快，但是过了一段时间，国王就完全相信了他的能力，而且非常信任他，还封他做信使总管。从那以后，别的信使都非常嫉妒小穆克。

一天，小穆克在花园里散步，他的木杖突然在地上敲了三下，小穆克想起了梦中小狗的话。于是，他立刻取来锄头在木杖所指的地方挖了起来。

善良的小穆克一边辛苦地挖着，一边快乐地想：这下可以把金币分给伙伴们了，那样，他们就不会再讨厌自己了。他纯洁的内心里，还没有考虑过人心的险恶。还没等小穆克挖完，

卫兵就把他和金币带走了。

　　大殿里，国王开始审问小穆克。他还没说一句话，那些可恶的信使们就开始诬陷他，说他偷了国王的金币。国王竟然相信了那些人的话，把小穆克关进了监狱。

　　小穆克伤心极了，他本以为自己已经找到了幸福的生活。眼看着国王就要把自己斩首了，小穆克只好用神奇的拖鞋逃走了。但是他没有埋怨国王和那些信使，继续向前方跑去，寻找着自己的幸福生活。

驱鼠的吹笛人

很久很久以前，德国的哈姆林市突然出现了成千上万的老鼠，四处作祟。人们都惊慌得四处躲藏，甚至被迫搬家。

市长无计可施，只好张贴告示说："要是谁能把这些坏蛋驱逐出去，我一定要让他得到丰厚的奖赏。"

不久后，市长办公室来了一个身穿红披风的吹笛人，说："要是你们愿意付给我100个金币，我就能把老鼠全部消灭了。"

市长迫不及待地说："只要你能做到，我们情愿给你1000个金币。"

吹笛人说："好，希望你说到做到！"

黄昏的时候，年轻人吹奏起一种奇特的调子。那些老鼠仿佛听到了召唤，一个个从大街小巷里涌了出来，跟着吹笛人跳进了一条湍急的河流中，转眼间就全部消失了。

回到市政大厅，孩子们把吹笛人当成了伟大的英雄，高声的欢呼让吹笛人害羞地摇了摇头，好像仅仅是清洁了一下地面而已。

市长说："你就是吹了吹笛子，碰巧把老鼠赶了出去，这简直太容易了！我们将给你10个金币，不会比这些更多了！"

年轻人很生气，说："这不符合当初的约定！"

市长气势汹汹地威胁说："你要么拿走10个金币，要么被我们赶出去！"

年轻人收起了微笑，将红披风拉到了头顶，转身离开了。

那天晚上，在城市的中心广场，年轻人吹起了笛子，奇妙的音乐传进了每一家的每一个孩子的耳朵里。

孩子们一个个穿着睡衣，迷迷糊糊地爬起来，高高兴兴地跟着吹笛人走出了哈姆林市，走向了一个山林，最后全部消失在一个山门后面。

"孩子，我们的孩子哪里去了？"天亮了，每一家人都发出惊呼。

时间一天天过去了，哈姆林市的居民们一直都在哭泣和期待，希望能够看到那个年轻的吹笛人，还有自己的孩子。他们说："如果可以选择，我们愿意说话算话，付给吹笛人1000个金币。"

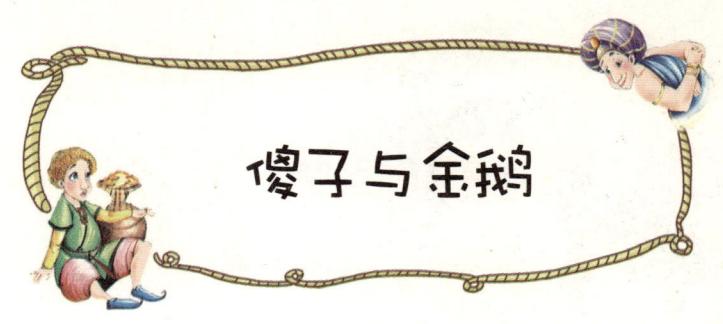

傻子与金鹅

有一户人家,有三个儿子。老三塞斯无论做什么总是乐呵呵的,还特别愿意做又累又辛苦的事,因此大家都叫他"傻子"。冬天来临了,父亲让三个儿子到森林里去砍些木柴,可家里的面饼和烧酒只够两个人吃喝。塞斯说:"没关系,我吃土豆饼。再给我一壶清水!"

中午,一个白胡子小矮人走过来讨吃的,老大和老二都不愿意给他,只有塞斯拿出食物招待了小矮人。等塞斯的两个哥

哥走远了,小矮人让塞斯去砍前面的大树,并说:"这是一件宝贝!以后有困难,只管告诉它。"

塞斯照做,老树刚一倒下,一只全身都是金羽毛的大鹅飞了出来。金鹅说:"把我献给国王吧,我能让他把公主嫁给你!"塞斯抱着金鹅出发了。

塞斯到一家小旅店过夜,店主的大女儿悄悄跟在他身后,想拔一根金鹅纯金的羽毛。她的手指刚一触到金鹅的羽毛,立即被牢牢地粘住了。

早上塞斯准备启程时,二女儿和三女儿跑来帮忙,结果也被牢牢地粘住了。一路上,他们还遇到想要拉回学生的教书先生,还有想要阻止教书先生的校长,以及想要解救校长的骑士。但只要他们的手一碰着彼此,就都会被牢牢地粘在一起,甚至就连皇宫的守卫也被粘上了。

队伍变得浩浩荡荡起来，他们来到了皇宫。

国王有个女儿生了怪病，这是一位从来都不笑的公主。她看到塞斯抱着金鹅，后面跟着一群人的时候，不禁乐得哈哈大笑起来。

"国王曾说过，只要谁能把公主逗笑，谁就可以娶她为妻。你快向国王请求，让他实现诺言！"

金鹅一边叮嘱塞斯，一边恢复了三姐妹、教书先生、校长、骑士和卫士等的自由，还送给他们一人一根金羽毛。

国王很不开心，故意刁难地说："如果你想做我的女婿，必须先答应我一个要求。首先，你必须要找到一

个能喝完一窖葡萄酒的人来见我,而且对方是心甘情愿的。"

金鹅说:"到那棵砍倒的树桩那儿去!"

塞斯在那里遇见了一个蓝鼻子矮人,矮人说:"好想喝酒啊!我刚刚喝了一桶葡萄酒,感觉却像用一滴水去湿透烤焦的巨石,完全没有作用!"

塞斯领着小矮人走进国王的酒窖,喝得酒窖不剩一滴酒。可是,国王还是不乐意把自己的宝贝女儿嫁给塞斯,于是,他又让塞斯找到一个能吃完像山那么大的一堆面包的人,还要弄来一艘在海上和在陆地上都能行驶的船,金鹅每次都让塞斯如愿以偿。国王没有理由拒绝请求,只好为塞斯和公主举行了盛大的婚礼。

而那只又聪明又珍贵的金鹅,成为了夫妻俩形影不离的好朋友。国王去世后,塞斯成为了最善良最能干的"金鹅国王"。

甲 虫

国王的马因在战争中保护国王,立下了大功。国王为了表彰它,特地给它钉了一副金马掌。

一只甲虫看见了,非常羡慕,便找到铁匠,希望铁匠也能为自己钉一副金马掌。

铁匠听了哈哈大笑:"你这个小东西,也想钉金马掌?你知道金马掌是做什么的吗?"

甲虫说:"我不需要知道那是做什么的,但是我住在皇家马厩里,凭这个身份,我就有权利要求你为我钉金马掌。我可不比那匹马的身份低。"

甲虫的话招来了铁匠的嘲笑。甲虫觉得这个无礼的铁匠没把自己放在眼里,于是它振振翅膀飞走了,它要飞到它认为更广阔的天地中去。

不久,甲虫飞到了一个美丽的小花园里。满园的玫瑰和熏衣草仰着美丽的脸庞在风中摇摆,空气中弥漫着醉人的香气。

一只在附近飞来飞去的小瓢虫对甲虫说:"你看这里的花朵开得多么鲜艳哪!"

甲虫撇撇嘴,不屑地说:"你认为这就是美吗?哼,这儿连一个粪堆都没有。"

于是甲虫又向前飞去,飞到一株向日葵上,有一只毛毛虫正在这里休息。

"这世界是多么美丽呀!"毛毛虫说,"等我睡上一觉,醒

来后就会变成漂亮的蝴蝶，自由地飞舞。"

"你真是自高自大！"甲虫说，"你只不过是一只飞来飞去的蝴蝶而已。我可是从皇家马厩里出来的，有高贵的出身！"说完，甲虫飞到一块绿油油的草地上，昏昏沉沉地睡着了。

一阵雨声把甲虫吵醒了。可怜的甲虫无法飞上天空，只能躺在原地，等待天气好转。突然，它看见不远处有两只青蛙正坐在一张被单上。

"天气真是好极了！"其中一只青蛙说，"我迫不及待地想要游泳了！"

甲虫听到这些话很生气，因为雨水把它困在这里很久了，又把它淋得湿漉漉的。

于是，它没好气地问青蛙："你们大概从来没有到皇家马厩去过吧？那儿的空气既温暖又舒服，难道在这个花园里找不到一个垃圾堆，让我这个有身份的人暂时住进去舒服一下吗？"

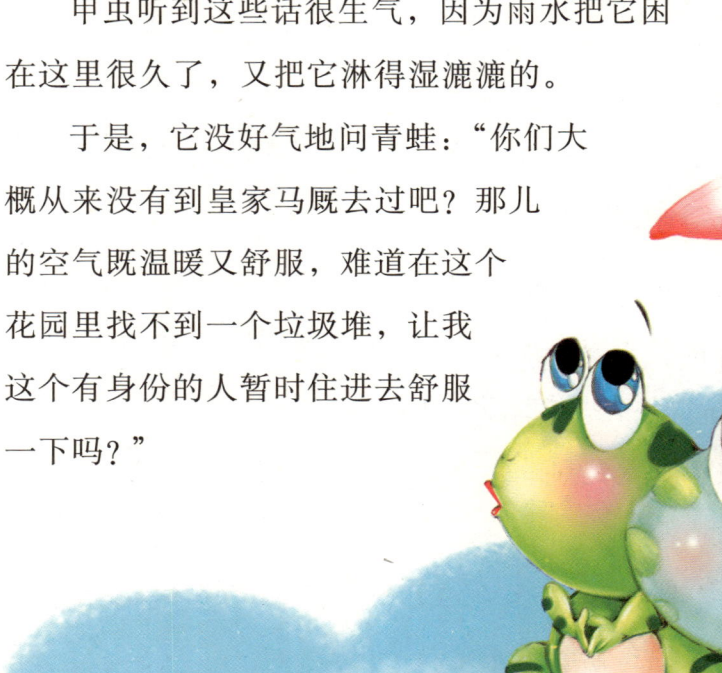

可惜两只青蛙不懂甲虫的意思。甲虫只能鄙视地看看它们，重重地哼了一声，拍着翅膀飞走了。它向前飞了没多远，就发现了花盆下的一块碎瓦片。

碎瓦片下面住着好几家蠼螋，几个蠼螋母亲正在称赞自己的儿子。一位母亲说："瞧，我儿子多么帅气啊！"

"我的儿子刚一出生就很顽皮，"另一位母亲说，"它总是活蹦乱跳。你说对不对，甲虫先生？"她们认出了甲虫。

"你们两个都对。"甲虫点点头说。

可是甲虫感到这些事非常无聊，于是它就向它们打听最近的垃圾堆离此有多远。

"在很遥远的地方——水沟的另一边。"一只蠼螋回答说。

于是，甲虫拍着翅膀飞走了。

它在水沟旁碰见了好几个伙伴。"我们就住在这儿。"它们

热情地说,"这里非常舒服。欢迎你光临这个美丽的地方,你走了这么远的路,一定很疲倦了。"

"一点儿也不错!"甲虫回答说,"我累极了,能和你们生活在一起,真是太高兴了!"

在这里,甲虫遇到了一位漂亮温柔的甲虫姑娘。它们迅速产生了感情,不久就结婚了。

婚后的第一天非常愉快,第二天也勉强称得上舒服,不过到了第三天,甲虫就开始考虑妻子和将来小宝宝的吃饭问题了。

甲虫觉得让自己负担一个家庭是没有道理的。在一个夜晚,它离开了自己的新婚妻子,把包袱留给了它的那些伙伴。

甲虫继续它的旅行。它飞进了一个温室,轻轻地钻进新鲜的粪土里。"这儿真舒服。"它伸了个大大的懒腰。

不一会儿,它就做起了梦:梦见国王的马死了,梦见自己得到了金马掌。

第二天早上,甲虫一边爬,一边回想着昨晚的梦。

突然,园丁的儿子捉住了甲虫,把它放在一只破旧的、没有鞋面的木鞋里。

木鞋上插着一根棍子,园丁的儿子把甲虫绑在棍子上,然后把这只木鞋放入附近的湖里。于是,甲虫作为一个船长,驾船航行。

甲虫看着像大海一样的湖泊,害怕极了,可它被绑在棍子上,没法飞走,只能乱蹬着它的双腿。

　　可怜的甲虫在船上挣扎着。这时,岸上几个年轻的女孩子发现了它。她们把木鞋从水里捞起来,救了甲虫。

　　重获自由的甲虫高兴极了。它顾不得平静一下自己的心情,连忙飞起来,一直飞到一个巨大建筑物的窗子里。甲虫又累又困,于是打算落在一匹马的身上睡一觉。它恰好落在了国王那匹爱马又细又长的鬃毛上。这匹马就是以前和甲虫住在一起,钉有金马掌的马。

　　甲虫确信了这一点之后,激动地说:"当我骑在国王的爱马身上的时候,我终于明白了马为什么要有金马掌。这完全是因为我今天要骑它。我一定要把这个发现告诉所有的人,并且留在家里,直到马的金马掌磨损坏为止。这就是我此次旅行的收获。"现在,甲虫又变得心满意足了。

踩面包的姑娘

英娥虽然是一个穷人家的姑娘,但从小就很骄傲,觉得自己很了不起。在她很小的时候,她就爱捉苍蝇,撕下它们的翅膀,让它们不能自由地飞翔。她还把大甲虫和金龟子抓来,穿在一根针上。英娥渐渐长大后,并没变得懂事,而是更坏了。

有一户有钱人家请她去做帮工,他们对她就像对自己的孩子一样,给她吃好的穿好的。渐渐地,英娥就更以为自己了不起了。

一天,主人对她说:"小英娥,你该回去看看你的父母了!"英娥也想回去,但并不是因为想念他们,而是为了向他们显示现在的她穿戴得多么漂亮。当她看到自己的妈妈穿着破衣烂衫正在拾柴火时,她扭头就往回走,连家门也没有进。

又过了半年。"你一定得回家去看看你的父母！"女主人对英娥说，"这里有一些面包，你可以拿回去送给他们。看见你，他们会很高兴的。"

英娥穿上最好看的衣服和新鞋，带上那些香喷喷的面包出发了。她把裙子提起来，很小心地走着。走到一片泥泞地时，她把带给父母的面包扔到污泥里，想踩在上面走过去。英娥踩在面包上，一点儿都不觉得可惜。她认为自己想出了一个聪明的办法。

正当她沾沾自喜的时候，突然，面包带着她向地下陷去，越陷越深，直到她完全沉没，只剩下一个冒水泡的黑泥坑。

英娥来到了地狱，在这里，她遇见了一个魔鬼，这是个专干坏事的狠毒的女人。这个毒辣的老太婆，把英娥变成了一尊塑像。肮脏的苍蝇总是在英娥的脸上爬呀爬，英娥想赶走它们，却发现这些苍蝇没有翅

膀，原来它们都是自己小时候扯掉翅膀的苍蝇。英娥开始后悔自己小时候的所作所为。一个牧童将英娥的故事告诉了大家。大家为她编了一支歌，这支歌全国的人都在唱。

"都是该死的虚荣心让她变成了这样。"母亲痛苦地哭诉着。这让英娥更加悲伤，她知道，自己的错误行为是不会得到别人原谅的。

可是，一个幼童的话让英娥特别感动。"我希望她能得到宽恕！我愿意献出所有的玩具，只要她能回来。"英娥开始真正地忏悔自己的罪过，眼睛里第一次流出了难过的泪水。忽然，她僵硬的身体变成了一只小鸟。英娥飞到田间小路上，捡起了农夫失落的麦穗。英娥飞到别人的阳台上，收集孩子们撒下的面包屑。她收集的面包屑如果做成面包，早已超过了她当年踩过的面包。她用自己的行动，改正她过去所做的错事。现在，英娥已经变成了一只美丽的海燕，在波涛汹涌的大海上自由地飞翔，不时发出快乐的鸣叫。

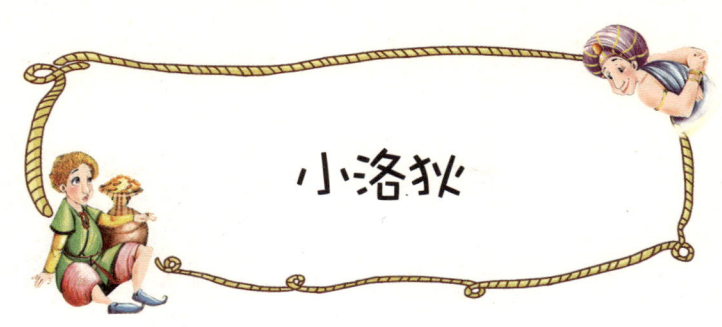

小洛狄

从前,有一个名叫洛狄的小伙子,他勇敢无畏,能爬上最高的山峰。有时,太阳还没有出来,他就已经爬上山岭,喝着清晨的露水了。

洛狄二十岁时,成长为一个漂亮的男子:棕色的双颊、雪白的牙齿、黑得发亮的眼睛……他可以在水里像鱼似的自由地畅游;爬起山来比任何人都快,还能像蜗牛一样贴在石壁上。他靠向导这个职业赚了许多钱。人们都说洛狄是一个很好的恋爱对象,可他只喜欢磨坊主的女儿巴贝德,喜欢她那双亮得像燃烧着的火一样的眼睛。

磨坊主是一个非常有钱的人,他的富有使洛狄觉得巴贝德高高在上,可望而不可即。但是,洛

狄从没有放弃过,他总是对自己说:"没有什么会比爬上高山更难的,只要对自己有信心,世上没有做不成的事情。"终于有一天,洛狄鼓起勇气去拜访磨坊主了。

"她的地位比你高得多,"磨坊主严肃地说,"她坐在一堆金沙上,这个你应该很清楚,你是攀不上的。"

"一个人只要有志气,世界上就没有攀不上的高山!"洛狄自信地说道。

"你看见对面山崖上那个鹰巢了吗?巴贝德比那鹰巢还要高呢。"磨坊主又说。

"你等着吧,巴贝德和鹰巢我都会得到的。"洛狄坚定地说。

"好,如果你能活捉那只小鹰,我就把巴贝德嫁给你!"磨坊主笑得连眼泪都流出来了,他绝不相信洛狄能爬上对面那座险峻的山峰。

"男子汉,说话算话。"说完这句话,洛狄便离开了。

半夜里,洛狄带着枪、竿子、梯子和绳子出发了。他穿过灌木林，踩着松散滚动的石块，努力向山顶攀登。

到了山崖边后，他静静地坐着，等待天亮。因为他必须等母鹰天亮飞出时一枪把它打死，才能捉到小鹰。

洛狄把枪放在面前，扳上了枪机，注视着山崖顶。忽然，他听到头顶一阵飕飕的风声，身体庞大的母鹰飞出巢，让天空都变暗了。洛狄的枪声响了，母鹰慢慢地坠落到深渊里，不见了踪影。

"现在，我可要捉住你了。"洛狄在鹰巢的一角看见了小鹰。小鹰虽然还不能飞，但已经是一只庞大、凶狠的鸟了。洛狄聚精会神地盯着它，然后使尽气力用一只手稳住自己的身体，用另一只手把绳子的活结套在小鹰的身上，小鹰被活捉了。

洛狄把它的腿牢牢地系在活结里，然后把它往肩上一扔，使它稳稳地悬在自己的背后。

走完一段险要的路,洛狄带着小鹰,安全地返回到地面上。当洛狄带着小鹰出现在磨坊主的家门前时,磨坊主吓得差点儿晕过去。他真的不敢相信洛狄能活着回来。看到正在洛狄手中扑腾的小鹰,磨坊主露出了笑脸,说:"看来你真的是一个很优秀的年轻人,你居然完成了一个不可能完成的任务!"

"是的,我做到了!"洛狄是个很诚实的人,所以他毫不谦虚。

"哈哈!"磨坊主笑道,"虽然你的财富远远比不上我,但是,谁又能说勇敢不是一笔无价的财富呢!"说完,磨坊主把女儿巴贝德叫了出来。

虽然他现在挺喜欢洛狄,但也想征求一下女儿的意见。哪个姑娘会不喜欢像洛狄这样英俊、勇敢的青年呢?其实,巴贝德也早就喜欢上洛狄了。就这样,洛狄和巴贝德开始了幸福的生活。

蚂蚁国

很久以前,淳于棼(fén)家的院子里面有一棵大槐树,它就像一把巨大的绿伞。

有一天,淳于棼靠在大槐树下睡起觉来。突然,一辆马车来到他家院子里,一个男子上前说:"我是槐安国王的使者,请你去宫殿与陛下见面。"淳于棼坐上马车,进入一个又深又黑的大洞,然后驶过一座高大的城门,上面写着"槐安国"。

威武的国王说:"我和你的父亲是朋友,约定结成儿女亲家,特意请你过来举办婚事。"

淳于棼很奇怪,说:"父亲在几年前的战争中失踪了,我没有听他提过这件事呀。"

国王说:"如果你不嫌弃我们国家小,就让我来做主吧。"淳于棼答应了。几天后,淳于棼和美丽的公主举行了盛大的结婚典礼,婚后两人非常恩爱。

国王认为淳于棼很有才华,就派他去南柯郡做郡守。

转眼就是二十年,淳于棼将当地治理得井井有条。他和公主的子女都很出色,不仅得到了显赫的官职,还受到所有的人尊重。人们都说:"除了皇帝,郡守家的富贵无人能比。"

这一年,邻近的檀萝国前来侵犯,淳于棼奉命带兵迎战。他被敌人打得落花流水,丧失了大量兵器和粮食。

淳于棼非常羞愧,赶紧到京城请罪。

国王没有怪罪他,说:"五根手指还有长有短,你已经尽力了。"

没过多久,公主病逝了,淳于棼辞掉郡守的官职回家了。可国王听信了谣言,说淳于棼之前的兵败是因为叛国,于是派兵将他的家团团围住,说:"大胆叛将,竟然敢造反!我们要将你驱逐出境。"

淳于棼又气又急,大声叫嚷起来:"你们冤枉我!你们冤枉我!"就在这时,淳于棼突然醒过来,发现自己还睡在大树下。树洞深处有两个蚂蚁窝,分别是所谓的"槐安国"和"南柯郡"。

苏和的马头琴

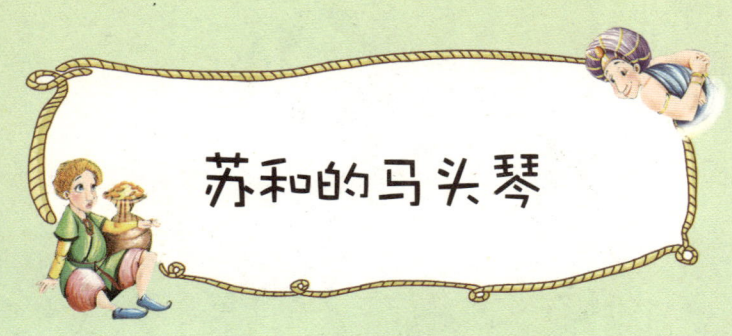

在辽阔的大草原上,有一个勤劳善良的放牛娃苏和。一天晚上,苏和梦见一匹洁白的小马,它跳跃的姿态就像一团白云。苏和很兴奋,猛地惊醒过来,这时门外传来了马叫声。苏和跑出去一看,在草丛中发现了一匹刚生下来的小马驹,它浑身上下湿漉漉的。

苏和小心翼翼地将小马驹抱起来,左右张望了一下,说:"可怜的小马,你的妈妈到哪里去了?它为什么不要你了呢?以后就让我来照顾你吧!"

　　小马温柔地靠着他,仿佛在说:"谢谢你,我非常乐意。"

　　苏和精心喂养着小白马。渐渐地,小白马长成了健壮的骏马。一年一度的赛马会上,小白马取得了第一名。贪婪的王爷眼红极了,想用三个金元宝买走它。苏和说:"它是我的好朋友,多少钱也不卖!"

　　王爷恼羞成怒,派人打伤了苏和,将小白马抢回了王府。王爷得意扬扬,他爬到马背上,说:"只要你听我的话,我保证让你成为草原上最享福的骏马。"

　　可是小白马恨透了霸道蛮横的王爷,不管王爷怎么吆喝,怎么哄骗,它都一动不动地停在那里。王爷气坏了,举起鞭子狠狠地打向小白马。小白马高高地扬起前蹄,将王爷踢了个四脚朝天,自己撒腿就跑。

　　"射箭!射死它!"王爷发出了可怕的命令。

浑身是箭的小白马拼命地跑啊，跑啊，终于跑回了苏和家。小白马气喘吁吁地来到遍体鳞伤的苏和面前，亲了亲他的脸，就倒在地上闭上了眼睛。苏和扑上去抱着小白马，哭得身边的花草都落下了眼泪。

苏和天天思念小白马，人也越来越瘦弱，走起路来摇摇晃晃的。有一天晚上，苏和梦见了小白马，小白马对他说："我的朋友，你可不要倒下呀。你用我的皮、骨、筋、鬃、尾做一把琴吧，这样我们就永远不分开了。"

苏和含泪把马筋做成弦，把马尾骨做成弓，还在琴杆顶上雕刻了一个马头，制成了一把马头琴。从那以后，苏和一直带着心爱的马头琴流浪四方，天天和小白马说着心里话。而马头琴也流传了下来，成为草原牧民最爱的乐器。

黑鱼精与三潭映月

很久很久以前,一条千年黑鱼精来到了美丽的西湖,在湖底钻出一个大泥潭。他每天都要在湖边翻腾打滚,掀起巨大的波浪,吞下落水的百姓和牲畜。

这一天,黑鱼精摇身变成一个黑大汉,来到杭州城里玩耍。他一眼看中了能工巧匠鲁班师傅的妹妹,就说:"我是住在西湖底的黑鱼大王,我的宫殿又大又美。如果你嫁给我,我就让你天天吃山珍海味,穿绫罗绸缎。"

鲁小妹又羞又气,大骂:"讨厌的家伙,快点儿滚开!"黑鱼精威胁说:"如果你不答应,我就让西湖干涸,让杭州城的所有人都淹死。"说完黑鱼精张大嘴巴,一口吸干了西湖的水。

"原来就是这个家伙在西湖搞鬼呀。"鲁小妹灵机一动,说:"别闹了,你这么厉害,我当然愿意嫁给你了。而且,我还要让哥哥给我准备一份风光的嫁妆。"

黑鱼精点点头,将水吐回了西湖,乐颠颠地回去等着迎娶鲁小妹。鲁小妹对哥哥说:"这个黑鱼精力气大,我们要用巧法对付他。"

鲁班想了想,说:"西湖边上有一座宝石山,我去雕出一个大香炉,将他压在湖底。"整整七七四十九天,鲁班日夜赶工,终于用半座山凿出了一个巨大的香炉。

到了迎亲的那一天,鲁小妹打扮得漂漂亮亮,坐上了红红的大花轿。鲁班对黑鱼精说:"好妹夫,我为你们准备了大香炉,你将它搬进湖里吧。"

"好啊，好啊！"黑鱼精一转身，想要将香炉背上肩头。谁知他的力气太大，卷起的旋风竟将香炉骨碌碌吸得向下滚。黑鱼精吓坏了，拔腿就跑，想要躲开香炉。他越跑越快，带动的风也越来越大，香炉也越滚越急。

黑鱼精跑到湖中央，摇身变成一条黑鱼，"嗖"地钻进深潭。石香炉也"轰隆"一下滚到湖中央，炉口朝下罩住了西湖的潭口，不留一丝缝隙。黑鱼精被罩在石香炉下，一口气也吸不上来。他竭力向上顶，可是石香炉一动也不动。他想刮风，身子却被牢牢卡住，他只好拼命往下钻，他越往下钻，石香炉就越往下陷，最后陷在烂泥中。

黑鱼精就这样丢掉了性命。石香炉在湖面露出三个葫芦样的脚，成了西湖十景之一的"三潭映月"。

红鸽子

有一天晚上,勤快美丽的小女仆萨妮娜在一片林子中迷了路。她把头上的丝带散成细绳,系在已经走过的道路上。可是,不管她怎么努力,那些绳子都会突然断开,让做好的记号全部消失。萨妮娜又累又饿,躺在大树下自言自语说:"难道是我做了什么坏事,神在惩罚我吗?"

这时,一只红羽毛的鸽子飞了过来,腮帮子鼓鼓囊囊的。萨妮娜说:"哦,我第一次见到红鸽子,你的脸真是太胖了!"

红鸽子从嘴里吐出一把金钥匙，说："去打开那棵橡树的锁，就会得到足够的食物。"

萨妮娜用金钥匙打开了橡树。树里有个精美的盘子，上面盛着薄荷玉米卷、包心菜炖肉和煮南瓜，还有一碟蜂蜜糖浆。看到如此美味的食物，萨妮娜开心极了。她细细地品尝着美味，还不断喂给红鸽子一点儿。"我吃饱了。"萨妮娜打了一个哈欠，"要是能美美地睡一觉，那就更好了！"

这时候，红鸽子又吐出一把银钥匙。然后对萨妮娜说："去打开那棵核桃树的锁，就会得到舒适的软床。"萨妮娜赶紧照做，果然得到了一张床，然后她躺到床上进入了甜蜜的梦乡。

到了第二天清晨，红鸽子又送来铜钥匙，萨妮娜得到了许多华丽的裙子，每一件都缀满了珍珠和蕾丝花边，看起来就像公主的舞裙。

　　萨妮娜不明白自己为什么这么好运,就问:"红鸽子啊,我能为你做什么吗?"

　　红鸽子说:"请你帮我去拿个宝贝吧!"

　　萨妮娜说:"好啊!"红鸽子接着说:"在这片森林里有座小屋,屋子里有一个坐在火炉边的老太太,不管她对你说什么,你都不要理睬。无论她做什么,你都要从她右边走过,你要从那些昂贵的戒指里面找出一个刻着玫瑰花的铁戒指,然后尽快回到橡树这儿来。"

　　萨妮娜同意了。萨妮娜来到小屋前,她打开门,看见房间的火炉前坐着一个老太太,老太太说:"你好,世界上最美丽的女孩!"

　　萨妮娜继续往前走。"哦,请你等一等,我想送给你巨大的宝石,它可以让你成为女王。"

　　萨妮娜一声不吭,沿着她的右边穿过了木门。可是,里面的戒指太多了,萨妮娜一直找啊找啊,好不容易在一个鸟笼中发现了刻着玫瑰花的黑色铁戒指。她取出戒指,走过木门,走过老太太,快速地回到了橡树下。

萨妮娜大声呼喊着:"红鸽子,快来呀,我帮你拿到了。"

就在这时,橡树突然变成一个英俊的男孩,紧紧地抱住了萨妮娜。

男孩说:"谢谢你遵守诺言!我是红鸽子城堡的威廉王子,红鸽子是我的守护神。恶毒的巫婆把我变成了一棵树,只有一个好女孩去取出戒指,我才能恢复人形。"

萨妮娜和威廉王子结了婚,所有人都认为她比真正的公主还值得尊敬。

贝浩图的故事

相传,有一个名叫贝浩图的奴隶,他几乎什么都不会,只知道如何用谎言来捉弄人,是当时远近有名的撒谎者。

有一天,贝浩图又向两个朋友吹嘘起自己的传奇经历来。"你们知道我这一生中,最让我高兴的是什么吗?"

一个朋友回答说:"当然是意外地得到一笔财富。"贝浩图听完,摇摇头。

另一个又说:"拿着优厚的工钱而不用干活。"贝浩图听完,又摇了摇头。

最后,贝浩图摇头晃脑地说:"在我这一生中,最让我高兴的是如何用谎言让那些道貌岸然的富人出丑。要知道,我这个优点自我出生以来就伴随着我。我八岁时开始撒谎,每次都能得逞。

"后来，我渐渐同情起那些被我愚弄过的人。于是，我决定一年只撒一次谎。我之所以爱撒谎，完全是为了对付那些为富不仁的富人。为此，他们对我头疼不已，只得将我倒来卖去。

"有一次，主人又把我卖给了奴隶贩子，在奴隶市场上，奴隶贩子对众人大声说：'有谁肯要这个奴隶吗？'

"下面有人问：'那你先说一说他都有些什么能耐吧。如果他有本事，我愿意考虑。'

"奴隶贩子说：'他什么都会做，而且做得非常好。除此以外，他还有一个非常特别的缺点。'

"'哦，那你快说说他有什么特别的缺点。'商人听奴隶贩子这么一说，立即来了精神。

"奴隶贩子说：'他啊，每一年都要骗一次自己的主人，是一个人见人恨的骗子。'

"商人是个倔脾气，他见奴隶贩子这么说，倒非买我不可了。于是，他用六百块金币的高价买走了我。

"从那以后，我便有了一个新主人。主人把我领回家，给我换了一身奴仆的衣服，像宝贝一样珍惜着我，从不让我干重活，因为他很想知道我到底怎么发挥骗人的本领。而我呢，对他唯命是从，做事面面俱到。

"转眼就到了第二年,这年年景不错,风调雨顺,庄稼大获丰收,家家户户都大摆宴席,以示庆祝。我的主人也不例外,他在城外摆了一席丰盛的酒宴,邀请他的朋友共同庆祝。

"而我呢,则在一旁小心翼翼地伺候着,不停地给他们盛酒。

"到了正午,主人突然站起身,把我拉到一边悄悄地说道:'贝浩图,你快回家去拿我的中国真丝手绢。要知道,没有这东西,无法体现我的地位和富有。'

"于是,我骑上小毛驴,飞一样地朝家里赶去。快到家时,我猛地大哭起来。

"很快,哭声就引来了众多的人围观,大人小孩儿就像过节一样跑来凑热闹。

"这时,主人家的太太、小姐们也赶来了。她们见我哭得如此伤心,便一个劲儿地要我说出原因。

"于是,我一口气把心中的话全倒出来:'我们无比敬爱的老爷和他的朋友们正在一堵旧墙下喝酒聊天,突然一声巨响,旧墙倒了,将他们全都压死了。'

"听到这一噩耗,太太、小姐们犹如掉进了万丈深渊,她们的脸扭曲得像魔鬼一样。大家哭的哭,闹的闹,发疯似的满地打滚,有的竟然恶狠狠地抽打自己耳光,以泄悲愤。人们见状,都纷纷上前劝慰,无奈她们已经被悲伤冲昏了头脑。

"没多久,太太就哭累了,她拉着我的手说:'贝浩图,快给我们带路吧,我要去把我那可怜的丈夫带回来安葬。'

"就这样,我带着浩浩荡荡的队伍向城外走去。有人见了,

不禁惊呼：'这样的头面人物死了，那还得了？必须向省长汇报。'省长知道后，怀着沉痛的心情也赶来了。

"趁他与太太小姐们寒暄之际，我一溜烟儿地跑到了老爷正在喝酒的庄园。我见了老爷，又开始痛哭起来：'我可怜的太太、小姐们哟，你们怎么就这样不声不响地死了呀？要知道，我们老爷是多么疼爱你们呀。'

"主人一听太太、小姐们都死了，刚才还满脸堆笑，脸色一下子变得惨白。他哆嗦着问我：'贝浩图，你再说一遍，谁死了？'

"'我们最尊贵的太太、小姐们死了。你叫我回家拿东西，只见房屋全塌了，将太太、小姐们全压在下面了。'

"主人听完，气急败坏地提着我的领子问：'快告诉我，太太是否还活着？'

"'无人幸免，太太是第一个死的。'

"'我可爱的小女儿呢?'

"'死了,都死了,你的小女儿是最后一个死的。'

"'那我心爱的小毛驴呢?'

"'托老天爷的福,它还健在呢。'

"谁知,主人听了,气愤地说:'该死的,这毛驴的命居然比我太太、女儿的命还长,我绝对不能容忍它,一定要将它杀掉。'

"说完,主人瘫倒在地,掩面痛哭起来。他拼命地抓扯他的胡子,直到鲜血横流为止。

"客人们见了,又是劝慰,又是祈祷,好不容易才把他扶起来。

"正在这时,太太、小姐们哭着闹着冲进庄园。主人见了,先是大吃一惊,然后又和治丧的人们抱在了一起,这种失而复得的心情让整个庄园又沸腾起来。结果可想而知,我被主人痛斥了一番。

"'你这该死的奴才,回去我非活剥了你不可!'说完,

主人冲上前来举拳就要打我。

"我赶紧摆摆手说:'我尊贵的主人,你可不能打我。因为我一年撒一次谎,你是心知肚明的,况且这次我只说了一半。要不这样,等年底的时候,我再说出另外一半,以构成一个完美的谎言。'主人听了,气得直跺脚,嘴里一个劲儿地大骂。

"最后,我被主人的家丁们痛打了一顿,扔在了街上。等我苏醒过来,我的脸早已被主人打上了烙印。"

所以,小朋友们,撒谎可不是一件好事,要做一个诚实善良的好孩子。

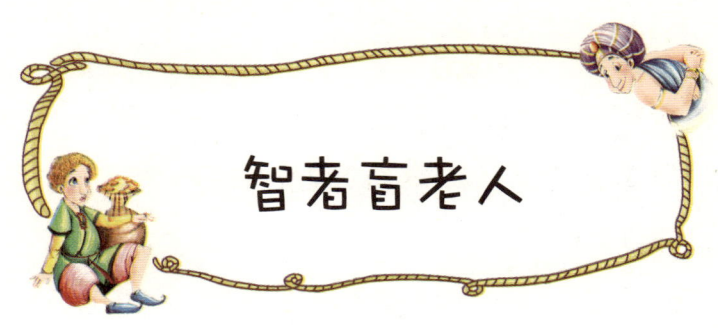

智者盲老人

　　很久以前,有一个商人,他见其他商人在外地做生意都发财了,也想出去闯荡一番。有一天,商人收拾好行囊,准备独自去一个遥远的城市贩货。他听说那个城市人口密集,凡是去过那个城市的人都能发财。为了不让自己空手而归,临行前,商人向一位刚从那个城市回来的人打听那里的市场行情。

　　"尊贵的朋友,你能告诉我那个城市里什么东西最好卖吗?"商人问道。

那人回答说:"当然是檀香了。"商人听完,高兴极了,他变卖了所有家产,倾其所有在当地收购了大量檀香,准备拿到那个城市去销售。

第二天,商人便载着货物满怀信心地上路了。当他快要抵达那座城市时,商人遇到了一个牧羊人。牧羊人提醒他:"无知的人哪,你去那座城市一定要当心呀,那里到处是吃人不吐骨头的骗子和凶狠残暴的劫匪。"

商人听了,心里顿时就凉了半截儿,一下子变得惆怅起来。抵达城市后,商人在一家客栈住下来。其间,有一个大胡子跑来和他攀谈:"尊贵的客人,你不远千里来这里做什么呢?"

商人说道:"做买卖呀。"

大胡子听了,忙问:"不知你做的是什么买卖?不妨说来听听,我也好给你参考参考。"

商人想了想,如实回答:"我听说你们这里檀香很值钱,所以就运了许多檀香来……"

谁知,大胡子还没听完,就大呼道:"哎呀,你被人骗了!我们这里最便宜的就是檀香,大家都把它当柴烧。"

商人一听,气得浑身发抖。最后,他便天天用檀香烧火做饭,以泄怨气。大胡子得知这个消息后,找到商人说:"这样好了,你把剩下的檀香给我,我可以让你任选一升东西作为交换,算是和你交个朋友。"

听到大胡子这么说,商人十分感激地把剩下的檀香全部交给了大胡子。大胡子和商人约定,让商人第二天去找他要钱。第二天,商人失魂落魄地走出了客栈,准备去大胡子家要钱。刚走出客栈一会儿,他遇到了一个独眼人。那人见商人也是蓝眼睛,便冤枉商人偷走了他的一只眼睛,非要他赔偿不可。商人不从,两人便扭打起来。才一会儿工夫,围观的人越来越多,商人百口难辩,只能委曲求全,答应赔偿独眼人的损失。最后,商人请了一个保人,才得以脱身。

商人虽然摆脱了独眼人的纠缠,但他很快发现自己的鞋在扭打时被撕破了。于是,商人来到一家补鞋店,让补鞋匠为他修鞋。鞋匠见商人是个又酸又穷的外乡人,根本不予理睬。商人只好说:"你如果愿意为我修鞋,我向老天爷起誓,一定会让你满意的。"

补鞋匠听商人这么说,一下来了精神。他拿来一张上乘的牛皮,很快就把商人的鞋子补好了。

离开了补鞋店后,商人见前面有很多人,便凑过去。原来这些人正在聚众赌博。在庄家的怂恿下,走投无路的商人拿出仅剩的盘缠,决定赌上一把。然而,到了最后,他不仅什么都没了,还欠了许多赌债。

赌徒们见他实在没钱,就给了两条路供商人选择,要么付清赌债,要么喝苦涩的海水。

"谢谢你们提供的选择,不过我明天才能给你们答复。如果你们还相信我的话,明天就在这里等我吧。"说

完，商人转身走了。

当天夜里，商人遇到了一个老妇人。老妇人见他可怜，就询问原因。当她得知商人的遭遇后，她告诉商人："年轻人，不必忧伤，离这里不远有一个盲老头儿，他学识渊博，许多遇到困难的人都去向他请教。尤其是那些骗子，一到夜深人静的时候也会去。

"今晚你不妨去盲老头儿那里听一听，说不定会有所收获。不过，你得小心，千万别让那些骗子发现你。"

商人谢过老妇人后，便匆匆忙忙地来到了盲老头儿的门外，在一个偏僻的角落蹲下来。果真没过多久，那四个骗过商人的骗子就进了盲老头儿的屋。

第一个向盲老头儿提出问题的是那个大胡子，"最近，我骗了一个卖檀香的家伙，答应用一升物品换他的檀香。"

盲老头儿听了，笑着说："他可以不费吹灰之力战胜你。"

大胡子一听,忙问:"哦?那你说说他怎么战胜我呢?"

盲老头儿说:"如果他向你索要一升黄金,你怎么回答呢?"

大胡子听了,红着脸不服气地说:"如果那样,我给他一升黄金,也不吃亏呀。"

盲老头儿又问:"那如果他要一升跳蚤,一半公,一半母,你又怎么办呢?"

大胡子听了,一下子成了哑巴,再也说不出话来了。接着,独眼人又说:"我今天缠上了一个外乡人,非要他赔我的眼睛。这家伙还挺识相,答应给我赔偿,这应该没什么问题吧。"

盲老头儿笑着说:"如果他提出称眼睛,重量一样才好赔偿,那你将变成和我一样的盲人,而他顶多成为独眼人。"

这时,补鞋匠挤开独眼人,得意地对盲老头儿说:"今天,有个人找我补鞋,我见他穷困潦倒没有答应,他就向老天爷起了誓,说答应让我满意。为此,我才给他补了鞋,我想他能向老天爷起誓,就一定会遵守诺言吧。"

谁知,盲老头儿听了,依旧摇着头说:"对他来说这不算问题,假如他对你说:'国王打败了自己的敌人,你对这件事情满意吗？'那你只能说满意，否则后果你自己知道，那可是杀头的灾祸。"听完盲老头儿的一番话，补鞋匠垂头丧气地走了。

最后，赌徒请教盲老头儿："今天，我赢了一个外乡人，我见他没钱，就给了他两条路选择，要么还清赌债，要么喝苦涩的海水。"

盲老头儿说："你同样战胜不了他，他会说喝掉海水不难，但请你把海提起来送到我的嘴边，到时你肯定提不起来，自然会输。"

在盲老头儿的提示下，商人战胜了四个骗子，满载而归。

终生不笑者

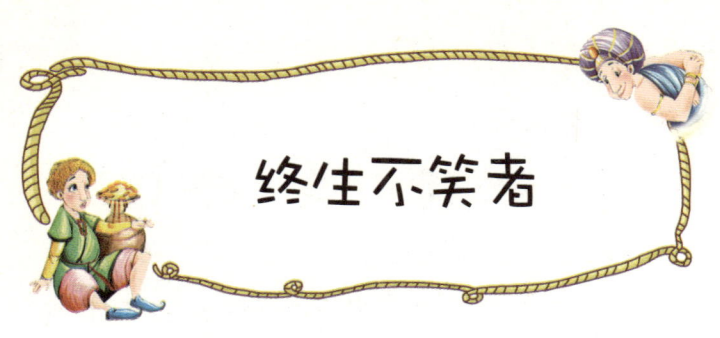

从前,有个老财主十分富有,他奴仆成群,田地上千,过着无忧无虑的富贵生活。他死后将家业传给了唯一的儿子。这个青年没吃过苦,长大后只知道享受挥霍,根本就不懂得经营。很快,青年就把老财主留下来的财产糟蹋一空,还欠了一屁股赌债。无奈之下,青年变卖了田地、奴仆,成了一个普通人,靠干体力活维持生计。

有一天,青年在路边等活儿。突然,从远处来了一个慈眉善目的老人,青年以为老人是来找自己干活的,忙跑过去,说:"老伯,您需要我为您做些什么呢?盖房、修理、放羊、耕地……我样样在行。"

谁知，老人听了笑着说："孩子，我的确是来请你干活的，但我不是让你去干体力活。"

听老人这么一说，青年喜出望外，又接着说："老伯，您快说，您需要我为您做什么，我什么活儿都会做。"老伯说："年轻人，别急，别急，其实也不是什么重活儿，就是请你帮我做一些简单的家务。如果你做得好，保证能让你荣华富贵。"

听到"荣华富贵"这几个字，青年简直快要乐疯了，因为在他心中，仍贪恋着曾经奢华的生活。于是，他一个劲儿地询问老人到底是什么活儿。

老人清了清嗓子，说："我家里还有十个像我这样的老人，我请你去当管家，帮我照顾他们的生活。至于你的报酬，除了付给你工资外，还会给你额外的好东西，如果你足够幸运，我想安拉一定会保佑你大富大贵的。"

"谢谢您，老伯，愿神保佑您富贵长寿，快乐无边。"说完，青年便跟着老人走进了一座富丽堂皇的宅院。当青年看到里面的场景时，他简直不敢相信自己的眼睛，这里有高大坚固的城墙、香味扑鼻的花园……一点儿也不逊色于皇宫。最后，老人把青年带到了一间金碧辉煌的大厅，里面有十个身着丧服的老

人正在相拥哭泣。

青年觉得奇怪，正要张口问，就听见老人说："孩子，我差点儿把一件很重要的事忘了。在这里做事，你什么都可以问，唯独不能问他们为何哭泣，不然你会懊悔终生的。"

青年听了很纳闷，但是对荣华富贵的生活的向往最终还是战胜了他的好奇心，他再也不想知道这其中的原因了。

接着，老人交给他一个装有三千枚金币的盒子："孩子，这些钱你保管好，我们这几个老家伙的生活就全靠你和这些金币了。"

青年接过盒子，向老人起誓说："我向老天爷起誓，我一定会照顾好你们几位老伯的生活。"于是，青年留在了这座宅院里，细心地照顾老人。然而，好景不长，没过几天，其中一个老伯病死了。青年很想去帮忙打点丧礼,但是遭到了老伯们的反对,他们哭着给死去的老人洗澡,然后把他埋葬在花园里。

在接下来的九年中,每年都会有一个老伯去世。到了第十一个年头时,请青年来干活的那位老伯也快不行了,他躺在床上,脸色蜡黄,沉默不语。面对即将离世的老伯,青年伤心地问:"尊敬的老伯,看在我尽心尽力地照顾你们十一年的份上,你能否告诉我,你们为何要如此悲伤地度过余生呢?"

老人听了,微微睁开眼睛,说:"我的孩子,假如你还想着你的荣华富贵的话,就不要再问了。如果你知道了这个秘密,一定会像我们这些老家伙一样懊悔一生的。"

谁知这一次,老人的话不但没能消除青年的好奇心,反而让他的好奇心越来越强烈。最后,老人被问得无可奈何,只好指着一道房门说:"我

可怜的孩子,你如果想知道,就去打开那道门吧。"说完,老人便咽气了。

青年把老人安葬在花园后,迫不及待地来到了那道门前,当他正要去推门时,又想起了老人的话。他缩了缩手,一下子没了勇气,这门里面到底有什么呢?凶残的野兽,无形的精灵……青年害怕了,他不再去想开门的事情,继续过着富有的生活。

这样过了七天,青年仍然被门后的东西吸引着。最终,他被强大的心魔俘获了。当他用力推开那道房门时,一条黑暗的通道展现在他的眼前,青年忐忑不安地走进去。三小时后,他来到一处偏僻的海湾。正当他百思不得其解时,突然一只大雕直扑下来,叼起他,把他扔到了一个孤岛上。

青年难过极了,心想:难道这就是老人所说的那个令人懊悔终生的惩罚吗?然而,没过几天,青年才知道自己的想法错了,因为好运降临了。

海上来了一条豪华的大船,船上坐着十几个貌若天仙的少女。她们下了船,径直向青年走来,簇拥着青年登上了宝船。

其中一个少女激动地说:"我可爱的帅小伙,你即将成为女王的新郎。"

不久,青年便坐着大船来到了一座犹如仙境般的小岛上。在通往皇宫的路两边,全是身披铠甲的士兵,他们威武庄严,盛气凌人。

不一会儿,从远处走来一位头戴皇冠的少女。青年见状,知道是女王驾临,赶紧低头跪下向女王行礼。

女王用手中的剑托起青年的下巴,满意地点点头,说:"来吧,我的帅小伙,跟着我一起去享受荣华富贵吧。"说着,女王牵起青年的手,步入了皇宫。后来,女王去掉了面纱,青年发现女王非常美丽。

女王对他说:"年轻人,欢迎你来到我的国家,在这里除了你之外,没有一个男子。我的臣民虽然都是女性,但她们履行着和男人一样的使命。她们下田干活,修建道路,处理朝政。

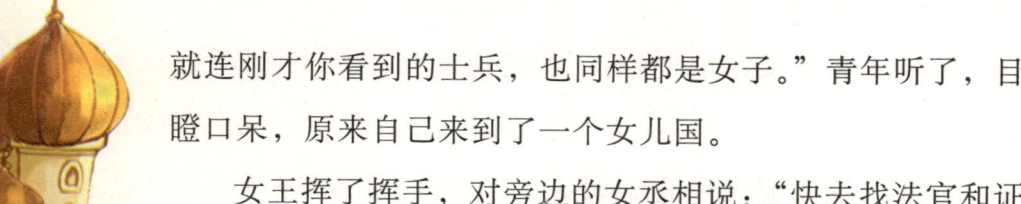

就连刚才你看到的士兵，也同样都是女子。"青年听了，目瞪口呆，原来自己来到了一个女儿国。

女王挥了挥手，对旁边的女丞相说："快去找法官和证人来，我要和这位年轻人结为夫妇。"

不一会儿，女法官和女证人都来了。女王庄重地对青年说："年轻人，你愿意嫁给我，成为我的丈夫吗？"

幸福来得太快，青年一时没准备好。他诚惶诚恐地看了看四周，说："我尊贵的女王，我只是一个庸庸碌碌的俗人，怎么能和至高无上的您结为夫妻呢？看看您的那些仆人，再看看我，我连他们都不如啊。"

女王听了，笑了笑，说："我想这一切都是上天的安排。虽然现在你看起来不如我的仆人们，但是等你成为我的丈夫后，她们都将跟在

你的身后，听你差遣。你可以去王国的任何一个地方，使用王国里的任何一件东西，唯独一样东西你不许碰，永远也不许碰。"说着，女王指了指身后的一扇门说："那扇门，看到了吗？如果你打开了那扇门，你将后悔终生。"

青年看了看那扇门，点了点头。最后，青年和女王结成了夫妻。就这样，他们相亲相爱，幸福地度过了七年。七年中，因为仆人们的吹捧，青年开始慢慢变得骄横起来。

有一天，青年看着那扇门，强烈的好奇心再一次战胜了他的理智。他走到门前，自言自语："这该死的门后面到底藏着什么东西，难道就是身为女王丈夫的我也不许看吗？"青年越来越想知道门后面藏着什么东西。最后在好奇心的驱使下，青年终于打开了房门。结果他大吃一惊，里面躺着的竟然是那只带他来孤岛的大雕。

大雕见了他,用低沉的语气说:"唉,你这个不听忠告的倒霉蛋,看来你的福气已经到尽头了,还是让我带你回家吧。"说完,大雕一把抓住青年,飞上了天,最后把他扔回到当初那片偏僻的海湾。

此时,青年后悔极了,因为他再也没有享用不尽的荣华富贵了,再也不能对那些忠实的仆人们发号施令了。

望着无边无际的大海,青年发起呆来,背后似乎有个声音在不断地说:"拥有时不知道珍惜,现在后悔已经晚了。"

最后,青年失魂落魄地回到了当年那座老人们居住过的屋子里。他整天苦恼不堪,伤心欲绝,眼眶里充满了悔恨的泪水。

现在,他终于明白老人们为什么那么痛苦了。就这样,青年在孤独和懊悔的折磨中渐渐老去,直到离开人世。

狐狸的悲伤

在一个村庄旁的森林里面，住着一只兔子和一只狐狸。他们经常被猎人追捕，过着提心吊胆的生活。

有一天，狐狸看见兔子正在草地上吃草，就走过去打招呼。兔子说："昨天我和哥哥在河边吃草，遇见了猎人。我好不容易才跑回来，可是到现在也没有再见到哥哥。你最近怎么样？"

狐狸叹了口气说："唉，昨天猎人也发现了我。要不是我及时跳过小河，肯定被猎狗追上了。"

兔子红着眼睛说："可怜的我吃草都要东张西望，只能过一天算一天。"两只小动物同时叹着气，为自己的命运担心。

突然，狐狸想出了一个好主意："咱们结拜成兄弟，互相帮助，轮流站岗放哨，怎么样？"兔子点点头。

接下来的日子果然很不错，他们竟然躲过了猎人的几次追杀。可是，好景不长，狡猾的猎人还是找到了他们。猎人悄悄地靠上来，"嗖"的一箭，射中了站岗的兔子。

兔子临死前大叫："快跑，猎人来了！"狐狸惊醒了，拔腿就跑。猎人离开后，狐狸哭得像个泪人儿似的。

老柳树看见了，就问："兔子死了，你为什么哭呀？"

狐狸说："我和兔子都那么弱小，随时都可能被猎人追杀。我们结成兄弟，可以相互帮助，勉强能够多活几天。可现在兔子死了，我的性命也随时可能丢掉。"

吹箫的渔夫

从前，有一个会吹箫的渔夫，他吹出的乐曲婉转动听，深受人们的喜爱。孩子们只要听了他的乐曲，就会欢快地跳起舞来；病人听了他的乐曲，便忘了钻心的疼痛；农夫听了他的乐曲，一下子就没了疲惫……

渐渐地，渔夫开始变得自大起来，他认为自己的箫声是世界上最美妙的声音。

有一天，渔夫带着他心爱的箫和渔网来到海边。他站在一块突出的岩石上，拿出箫又吹起了动听的乐曲。

这是为什么呢？原来这个渔夫认为，既然音乐这么好听，鱼一定也会喜欢。它们听到这么美妙的音乐就会自己跳到他的面前来。

渔夫聚精会神地吹了很久，却没有一条鱼跳到他的面前来。渔夫很无奈，只好将箫放下，拿起渔网，向水里撒去，结果捕到了许多鱼。

渔夫将网中的鱼抖落在岸上，鱼儿们开始拼命地挣扎，鱼尾打在地上啪啪直响。

渔夫看到这种情形，生气地说："我吹箫时，你们不跳舞，现在我不吹了，你们倒跳了起来。"

一厢情愿、不切实际的人总是把遇到的问题归咎于别人。

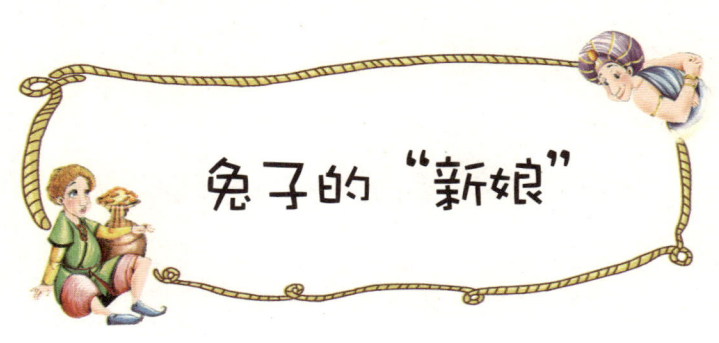

兔子的"新娘"

　　从前，有个漂亮的姑娘和她的妈妈住在一起，她家的院子里种了许多卷心菜。一天，有只兔子来到院子里偷吃卷心菜。妈妈对女儿说："孩子，把兔子赶走，不要让它偷吃我们的菜。"小姑娘来到院子里，对兔子说："兔子，我们家的卷心菜快被你吃光了。"兔子看了看漂亮的小姑娘，说："小姑娘，坐到我的尾巴上吧，我带你去我家好不好？"小姑娘拒绝了。

　　第二天，兔子又来吃卷心菜。小姑娘又出来对兔子说："兔子，

我们家的卷心菜快被你吃光了。"兔子说:"小姑娘,坐到我的尾巴上吧,我带你去我家好不好?"小姑娘还是不肯去。

第三天,兔子又来了。妈妈生气地说:"孩子,快去把那只兔子赶走,不要让它偷吃我们的菜。"

兔子依旧对跑过来的小姑娘说:"小姑娘,坐到我的尾巴上吧,我带你去我家好不好?"这次,小姑娘答应了。她坐到兔子的尾巴上,兔子带着她走了很久才到家。一进屋,兔子就说:"小姑娘,我要娶你为妻,我们马上就举行婚礼。你现在开始做饭吧,我去请参加我们婚礼的客人。"兔子把小姑娘带进厨房后,就出去了。

过了一会儿,所有参加婚礼的客人都到了。小姑娘一直伤心地哭着,她十分难过,因为只有她是人。兔子来到厨房说:"小姑娘,快出来,客人们都想见见你。"小姑娘一言不发地抽泣着。兔子说:"你哭什么呀,今天可是我们结婚的大喜日子,你是新娘,不能哭的,听见了吗?快把眼泪擦干,好出去见见客人们。"说完,兔子就走了出去。

过了一会儿,兔子又进来说:"快点儿开饭,快点儿开饭,客人们肚子都饿了。""新娘"还是一言不发,默默地流眼泪。

兔子说:"都告诉你不许哭了,你怎么还哭呀?你不出去见它们就算了,现在你快做饭吧!"说完又走了出去。

不久,兔子又进来对小姑娘说:"你快点儿把饭盛在碗里,不许哭了,要是再看见你哭,我就要生气了。"说完,兔子很不高兴地走了。小姑娘不哭了。她找了一个稻草人,然后脱下自己的外衣,摘下帽子,套在稻草人的身上。小姑娘把稻草人立在灶边,在稻草人手里放了一把勺子,把稻草人装成在做饭的样子。做好这一切后,她悄悄地从后门逃跑了。她要回家找妈妈去,她不想做兔子的新娘。

过了一会儿,兔子又来到厨房里喊:"快开饭,快开饭!你怎么这么慢呢!让开,让开,让我来!"它一边说着,一边把"新娘"使劲往旁边推,结果把稻草人推倒了。稻草人被炉灶里蹿出的火苗烧着了,兔子的房子也被烧着了,客人们四处奔跑逃命。兔子这才发现"新娘"不是小姑娘。兔子十分难过,因为它的"新娘"没有了,房子也没有了。

麦草、煤块和豆子

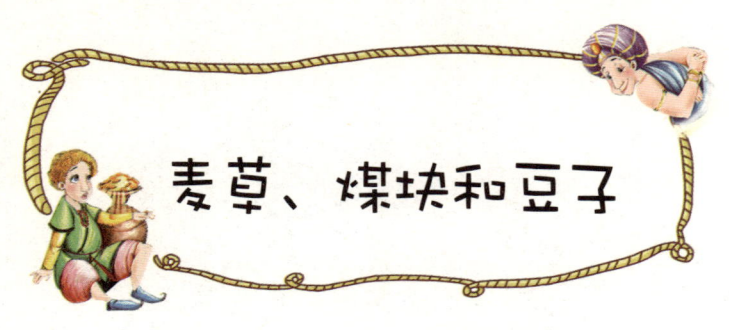

在一个偏僻的小山村，住着一个穷苦的老婆婆。这天，老婆婆在山上采了满满一盘豆子。老婆婆高兴极了，准备回家煮着吃。

回到家，老婆婆在火炉里加了一些煤炭，可她觉得这样还不够快，于是又塞了一把麦草进去。等水烧开了，她就把豆子一股脑儿地倒了进去，谁知一粒豆子成了漏网之鱼，从盘子里滚到了一堆麦草上。不一会儿，一块还没烧焦的煤炭也掉了下来，落在了麦草旁的一片空地上。麦草见了两个新朋友，欢喜地问："伙伴们，能告诉我，你们是从哪儿来的吗？"

煤炭吹了吹头上的青烟，说："我是刚从火炉里跳出来的，幸亏我反应及时，不然这会儿我早被烧成了灰烬。"

豆子听了，也庆幸地说："我是从盘子里跳出来的，幸亏我反应及时，不然这会儿我早被煮成豆粥了。"

听完两位朋友的话,麦草也兴奋地说:"我们三个真是太有缘分了。老太婆为了让水早点儿烧开,把我和我的兄弟们塞进了火炉,而我十分幸运,从她的手指缝里溜掉了。"

然而,三个小家伙经过一番简短的庆祝后,没多久又发起了愁。煤炭说:"伙伴们,虽然我们都幸免于难,但现在我们该做些什么呢?"

这时,豆子说:"我们应该尽早离开这里。共同珍惜这来之不易的机会。"

麦草和煤炭听了,点了点头,都认为这是个好提议,于是它们携手离开了老婆婆的厨房。可没走多久,一条小溪挡住了它们的去路。没桥也没船,这该怎么办呢?三个伙伴一时没了主意。过了很久,热心肠的麦草突然想出了一个好主意:"我可以浮在水上面,要不,我给大伙儿铺座小桥。"煤炭和豆子听了,

都高兴得不得了,对麦草的奉献精神大加赞赏。可后来,谁该先过桥,谁该后过桥却成了问题。为此,豆子和煤炭争吵不休。豆子说:"我身轻如燕,应该我先过去。"

生来就是一副火爆脾气的煤炭却不同意,他撅着嘴,不平地说:"我沉着冷静,走路最稳,不像你蹦蹦跳跳的,没有分寸。"

最后,豆子拗不过煤炭,只好让煤炭先走。煤炭得意极了,一个箭步冲上了麦草桥。

谁知刚一上去,不幸的事情就发生了。煤炭脚下残留的火星引燃了麦草,很快麦草被烧成了灰烬,煤炭沉入了水底。

这时,待在岸边的豆子不但不帮忙,还幸灾乐祸地拍手大笑。它在地上滚来滚去,最后竟把肚子笑破了。眼看豆子就要完蛋了,一个好心的裁缝发现了它,赶紧取出针,用一条黑线将它的肚子缝起来,救了豆子。豆子羞愧地低下了头,连声道谢。

从此以后,豆子的肚皮上就一直残留着一条黑缝。

神秘的小鞋匠

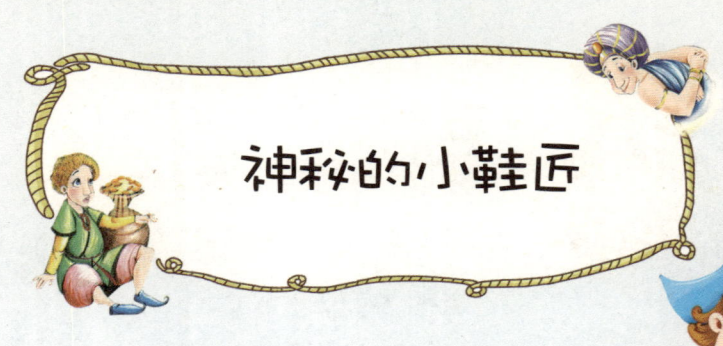

在一个小镇上住着一个鞋匠。他为人憨厚老实,手艺精湛。可他的生意一直不好,最后竟连买皮子的钱都没有了。然而,鞋匠并没有因此而抱怨。虽然仓库里只剩最后一张皮子了,可他还是像往常一样,早早地起来,将皮子打磨光亮,认真地裁剪好,准备天亮做一双新鞋。天亮了,令人意想不到的事情发生了。鞋匠发现皮子竟自个儿变成了一双鞋子。他拿起来一看,手艺一点儿也不差,每一针、每一线都缝得非常结实。这究竟是谁做的呢?

鞋匠正在纳闷呢,这时走进来一位顾客,他一见到鞋子就爱不释手,最后用几倍的价钱买走了鞋。鞋匠开心极了,赶紧用这些钱买回来四张皮子,将它们一一裁剪好。谁知第二天,四张皮子又变成了四双鞋子。虽然鞋匠不知道是谁做的,但他似乎发现了一个致富的门道。从此以后,鞋匠再也不用做鞋了,他只

需将皮子裁剪好放在桌上,到第二天收鞋便是了。就这样,日复一日,年复一年,鞋匠很快就成了远近有名的大商人。

在一个圣诞节的晚上,鞋匠对妻子说:"咱们能过上这么幸福的日子,全仗着那位恩人为我们做鞋,可我们连他长得什么样都不知道,实在太过意不去了。"妻子说:"是啊,每一个懂得感恩的人都会像你这样说的。"于是,鞋匠和妻子决定熬一个通宵,看一看这位神秘的恩人到底是谁。

夜深时,妻子取来蜡烛将工房照得通明,然后和丈夫躲到一个角落里,静静等候着恩人的到来。没多久,从门外走进来两个小人儿,他们见了桌上的皮子,便忙活起来了。不是缝,就是钉,还时不时敲出一阵阵清脆的声响。没多久,一双崭新的鞋子就做好了。等两个小人儿走后,鞋匠和妻子赶紧出来查看,那鞋子不仅结实而且漂亮,看得他们目瞪口呆。

第二天一早，鞋匠对妻子说："两位恩人为我们做了那么多鞋，自己却光着身子没衣服穿，太没道理了。我们何不给他们做一套像样的衣服呢？"听了鞋匠的话，妻子接着说："不仅如此，我们还应懂得知足常乐的道理，不要再麻烦他们天天为我们做鞋了。"鞋匠听了，点了点头，便为两个小人儿做起了帽子、衣服、袜子等。

做完后，他又用感恩的语气给两个小人儿写了封信，信上是这么说的："谢谢你们，我可敬的恩人，没有你们的辛勤劳作，哪有我的幸福生活？愿仁慈的主保佑你们永远快乐。如今，我已经拥有了数不尽的财富，你们再也不用为我们做什么了，那样只会让我们生活在不安中。"

当天，鞋匠就把两套小巧的皮装和书信放在了工房里。晚上，两个小人儿如期而至，发现了桌上两套精巧的衣服。他们开心极了，穿着衣服又蹦又跳。当他们看完鞋匠写的那封书信后，心里更加快乐了。

最后，两个小人儿欣慰地点点头，开心地离开了。

黑白新娘

　　有一个农妇带着她的亲生女儿和养女去田里给牲口割草,上帝变成一个穷人向她走来。"请问,去村里的路怎么走?"上帝问。

　　"你自己去找吧。"农妇头也不回地答道。

　　"你干吗不自己带个向导呢?真是愚蠢!"农妇的亲生女儿说。而养女是个善良的女孩,表示愿意为上帝带路。

　　上帝对农妇母女很生气,把她们变得又黑又丑。相反,他给了养女祝福,对她说:"我将满足你三个愿望。"

姑娘说:"我希望像月光一样美丽纯洁。"说完,她立刻变得又白又美。"我还要一个永远装满钱的钱包。"上帝也满足了她。"最后,我希望死后能到天堂。"上帝微笑着答应了,然后就离开了。

农妇母女回到家照镜子,发现自己变得又黑又丑,而养女却变得美丽迷人,心里嫉妒极了。

养女的哥哥是国王的车夫,名叫雷纳。养女很信任他,就把事情的经过告诉了亲爱的哥哥。有一次,雷纳对妹妹说:"亲爱的妹妹,我要给你画张像,这样我就能时刻看见你的模样了。"妹妹同意了,但是她请求哥哥,不要让别人看到自己的画像。

一天,国王的侍从们在雷纳的房间里发现了这张美丽的画像,马上报告了国王。于是,国王叫人把画像拿来,他惊奇地发现画像上的美丽姑娘竟与死去的王后一模一样,不由得爱上了她。他把雷纳叫来,问他画中的人是谁。车夫只好说了实话。国王决心要娶车夫的妹妹。于是,他准备了车马

和婚纱，让雷纳把自己的妹妹接来。

看到养女要当王后了，农妇母女俩更加嫉妒她了。于是，农妇用妖术把雷纳弄得昏昏沉沉的，使他的眼睛变得模糊，看不清东西；她又塞住了养女的耳朵，让她听不清楚别人的话。然后，他们就一起上路了。走了一会儿，雷纳说道："坐好呀，我的好妹妹。别让雨水淋着你，别让凉风吹着你，打扮漂亮去见国王。"

养女只听见哥哥的声音，却听不清他在说什么，便问："我哥哥在说什么？"农妇回答："他让你把自己身上的衣服给

你妹妹。"养女就脱下了漂亮衣服，递给妹妹，自己穿上了一件又破又旧的衣服。

过了一会儿，雷纳又说道："坐好呀，我的好妹妹。别让雨水淋着你，别让凉风吹着你，打扮漂亮去见国王。"

养女又问："我哥哥在说什么呀？"农妇说："他叫你把自己的帽子给你妹妹。"养女就摘下了那顶镶着花边的漂亮帽子，给妹妹戴上了，自己戴上了一顶又破又旧的帽子。

又过了一会儿，雷纳又说道："坐好呀，我的好妹妹。别让雨水淋着你，别让凉风吹着你，打扮漂亮去见国王。"

养女依然听不见哥哥关心的话，问："我哥哥在说什么？"农妇说："他让你向车外看看。"当时他们正行驶在河边，当养女探头向车外看的时候，狠心的农妇母女竟把她推下了河。养女掉进河里，立刻变成了一只白鸭。

到了宫殿，眼睛模糊的车夫没发现车里坐的是别人。国王见接来的人又黑又丑，非常生气，就把雷纳关进了黑暗的地牢。农妇又用妖术刺伤了国王的眼睛，让他和自己的女儿结了婚。

国王结婚后的一天，一只白鸭从下水道游进了厨房，对厨师说："请生上火，让我取取暖吧！"厨师照办了。

白鸭走到炉边，立刻就变成了一位美丽的少女。她问："我的哥哥雷纳在干什么？"厨师说："他被关在地牢里。"她又问："那个黑新娘在干什么？"厨师回答："她正和国王在一起。""上帝，救救我吧！"少女说完，就变回白鸭从下水道游出去了。

第二天晚上，白鸭又来了，第三天晚上，还是如此。厨师觉得事情很古怪，就报告了国王。国王听后，决定亲自去看看。当天晚上，他等在厨房里，看见白鸭变成了画像上的姑娘。国王非常高兴，立即脱下自己的披风披在姑娘的身上。养女将自己的遭遇告诉了国王。

国王很生气，要立刻下令杀掉农妇母女，娶养女为妻。"不行，我现在中了妖术，天亮后我又会变成白鸭！"养女说，"你必须先知道解除妖术的方法，救出我，再杀掉她们。"

这时，天亮了，养女又变回了白鸭。"亲爱的新娘，"国王抚摸着白鸭的羽毛说，"我一定会救你的。"他刚说完，白鸭就游走了。国王怀着悲伤和愤怒的心情离开了。

当天，国王就宣布举行盛大的宴会，以表示他对妻子的爱。农妇母女高兴极了，宴会上，她俩喝了很多酒。

趁着农妇喝醉的时候，国王忙问："我亲爱的母亲，您是全国最聪明的女人，我想您一定知道如何让变成白鸭的姑娘再变回来吧。"

"当然了！"农妇卷着舌头说，"只要砍下白鸭的头就行了。"知道了解救养女的方法，国王高兴极了，但想到要亲自砍下自己心上人的头，他又觉得很痛苦。

这天晚上，他和白鸭在厨房相见了。"亲爱的新娘，巫婆说要砍下你的头才能解除妖术，可是，我不忍心呀！"国王痛苦地说。

白鸭说:"亲爱的国王,我愿意承受一切痛苦,请挥动你的宝剑吧!"于是,国王流着眼泪,用自己的宝剑砍下了白鸭的头。白鸭立刻就变成了亭亭玉立的少女。他们快乐地拥抱在一起。

第二天一早,国王来到农妇那里,不动声色地问:"如果我的国民为了欺骗别人而做了恶毒的事,我该怎么惩罚她呢?"

农妇没有察觉出是怎么回事,就说:"脱光她的衣服,让她钻进钉满铁钉的木桶,把桶套在马上,让马拉着桶从山顶跑到山脚。"

"很好,那你就来尝尝这种惩罚吧!"国王就用这种方法惩罚了干尽坏事的农妇母女。

国王终于和美丽的养女结了婚,还奖赏了她的哥哥和那位厨师,让他们成了富有的贵族。

玻璃瓶里的妖精

很久以前，穆塔河边有一间破旧的木头房子，穷樵夫和他的儿子住在房子里。樵夫每天上山砍柴，让儿子在家用功读书。

一年一年过去了，樵夫老了，砍的柴越来越少，父子俩的生活也越来越艰难。

这天，老樵夫卖柴回来，坐在门外暗自流泪，自言自语："如果我以后再也不能砍柴了，还怎么供我的儿子读书啊？"老樵夫的话被儿子听见了。

"爸爸，让我和你一起去砍柴吧。"孝顺的儿子向父亲请求道。可是家里只有一把斧头，他无法同父亲一起上山砍柴。

于是，老樵夫决定向邻居借了一把斧头，可是邻居是一个非常小气的人，他要求老樵夫还两把斧头才行。老樵夫没有办法，只好同意了。

儿子帮父亲做工很勤快，不到中午就砍了一大捆柴。中午到了，父亲坐下来休息，儿子拿着饼边吃边走，不知不觉到了森林深处。他有些累了，便背靠着大树坐了下来。

这时，他听见一个声音从背后传来："放我出去！快放我出去！"可四周一个人也没有呀？他循着声音找了半天，终于在橡树根下发现了一个玻璃瓶，瓶里装着一只很像青蛙的小东西。它在瓶里不停地跳着，叫嚷着。

　　好心的少年将瓶塞拔掉，瓶子里的东西化做一股青烟蹿了出来，变成了一个可怕而巨大的妖精。妖精出来以后，不但不感激少年，反而要拧断他的脖子。

　　少年十分后悔，但他是一个读过书的聪明人，他看了看妖精，壮着胆子说："我救了你，你不感谢我就算了，为什么还要害我呢？"

　　"我是吸人血的妖精，当我还在瓶子里的时候，我就发誓要拧断放我出来的人的脖子。"妖精冷笑着说。

　　少年眨眨眼睛，想到了一个好办法。他对妖精说："你在说谎吧，你这么巨大，怎么能待在瓶子里呢？如果你能够再回到瓶里让我看看，我就相信你的话，并任你处置。"

　　妖精哈哈大笑，说："这太简单了！"说完，它神气地又变成青烟钻进了瓶中。

　　少年赶紧拿出瓶塞堵住了瓶口。妖精这才知道上了当，苦苦哀求:"善良的人,我求求你,放我出去吧,我会好好报答你的!"

少年心软了,再次把妖精放了出来。这一次,妖精送给少年一块拇指大小的金块,告诉他:"你只要用这个金块擦一擦金属,金属就会变成银子;你用金块擦一擦伤口,伤口就会立刻痊愈。"

少年半信半疑地拿着金块回到了父亲身边,悄悄拿出金块在斧头上擦了擦,斧头转眼间变成了闪闪发亮的银斧头。少年拿着银斧头往树上砍去,斧刃却卷了起来。

父亲看见儿子弄坏了邻居家的斧头,担心地说:"这可怎么办呢?可要还两把斧头呀!"

看见父亲急得团团转,少年不慌不忙地说:"父亲,我有办法赔两把斧头给邻居。"

第二天,天还没有亮,少年就拿着银斧头离开了家。看到穷樵夫的儿子居然进了金铺,金铺老板嘲笑道:"这不是穷樵夫的儿子吗?你是想买东西呢,还是想卖东西?"

少年没有理会他,从身后的破衣服里拿出了银斧头。

金铺老板看见拿在少年手里的银斧头,瞪大了眼睛,态度立刻改变了:"天哪!好名贵的斧头!小伙子,你准备卖吗?我一定会给你最好的价格的。"

少年用斧头从金铺老板那儿换回了四百元钱。他拿着钱高高兴兴地回到家,看到父亲还在为怎么还邻居的斧子而发愁,便掏出四十元钱交给父亲,让他还给邻居。

父亲感到很奇怪，儿子怎么突然有了那么多钱？于是，少年便把自己的奇遇原原本本地告诉了父亲。

从此，父子俩过上了舒舒服服的好日子。少年交了学费，重新回到了学校。他不仅成绩优秀，而且心地也很善良，经常帮助穷人，送给他们衣服和粮食。

邻居知道了，心里羡慕不已。他很后悔当初逼着他们还两把斧子，如果不是那样，现在他也可以从樵夫那里得到一些东西了。

少年长大后，经常想起那个吸人血的妖精。于是，他去了以前砍柴的地方，找遍了所有的树根，却没有再找到它。

金山国王

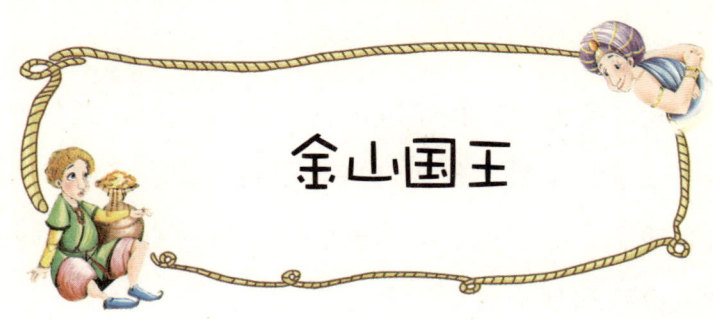

很久很久以前,一个商人因好赌,一夜之间从富翁变成了穷光蛋,再也不是那个腰缠万贯、一呼百应的体面人了。渐渐地,朋友们都纷纷离他而去。为此,商人非常难过。

一天,商人独自在田野徘徊,无意间遇到了一个小矮人。小矮人告诉他:"只要在十二年后,你能够把今天回家所遇到的第一个东西给我,我就能让你变得比过去还富有。"

商人听了,开心极了,立即答应了下来,因为他觉得自己回到家第一个遇到的东西肯定是自家的狗,而一只狗和其他东西比起来,是不值得保留的。然而,让商人万万没有想到的是,这天他回到家,自己的儿子竟然跑出来紧紧地抱住他的腿。商人非常吃惊,也很担心,但他还是希望这只是小矮人和他开的一个玩笑。

第二天，商人上阁楼整理东西想拿去卖掉，突然发现阁楼上堆满了金子。于是，他靠这些金子再一次发了财，变得比以前更加有钱了，心里别提有多开心了。而那些离他而去的朋友们，再也没脸和他交往了。

转眼十二年的期限就要到了，商人一天比一天忧虑。儿子发现父亲有心事，便问他发生了什么事。商人把一切都告诉了儿子。可是儿子看起来不难过也不害怕，他说："爸爸，不用烦恼，我会给小矮人一个交代的。"

到了与小矮人约定的日子，父子俩一起前往指定的地方。儿子在地上画了一个圆圈，和父亲一起站在圆圈中间。不一会儿，小矮人来了，他向商人索要自己应得的东西。但是儿子说：

"你这个骗子,设计骗了我父亲,我们什么也不会给你的。"

于是双方不停地争吵,最后,大家决定让上天来裁决。富人把他的儿子放在一个敞篷的小船里,把船推到河中心,任它漂流,看儿子会有什么命运。但是小船并不稳,不一会儿就翻了。商人以为自己的儿子已经死了,伤心地回了家。

可是,儿子并没死,他顺流而下,来到一座叫金山的城堡。城堡里有一条白蛇,她是一位被施了魔法的公主。少年费尽艰辛解救了公主。他们结婚了,少年成了金山王。

结婚后,少年和公主生活得非常幸福,还生了一个儿子。但金山王时常想念自己的父亲,很想回家看看。虽然王后不愿意,但是看到丈夫这么坚决,就给了他一枚戒指,说:"把这枚戒指戴在你的手指上,无论你想要什么,它都会带给你的。但是,请你答应我,千万不要把我带到你

父亲面前。"金山王痛快地答应了。

　　金山王戴上戒指，许愿说回到父亲的身边。一眨眼的工夫，他就来到了父亲的家门口。他看到年迈的父亲，急忙奔了过去。

　　但是商人并不相信这个少年就是自己的儿子，也不相信他所说的什么国王，他以为自己的儿子早就死了。金山王为了证明自己说的都是真的，就转动戒指，让王后和自己的儿子来到面前。

　　王后哭着对金山王说："你违背了誓言，你不该让我来！"

　　商人看到这些，终于相信少年是自己的儿子，赶紧让他们进了屋。王后虽然表面上看起来很平静，但是内心十分怨恨金山王的所作所为。于是，趁着金山王睡着的时候，王后偷偷地摘下了他的戒指，回到了自己的宫殿。金山王醒来后发现妻子不见了，手上的戒指也不知去向，就打算自己走回金山国去。

　　在路上，他看到三个巨人正在为争遗产而吵闹。巨人们看到金山王，就请他帮忙分配三件宝物：第一件是一把宝刀，拿着这把宝刀只要说一声"砍下他的头"，敌人的头就会立刻被砍下来。第二件是一件披风,这是隐形披风,穿上它除了可以隐身外,还可以随意变化。第三件是一双鞋子,穿上后,无论你想到哪里,它马上就可以带你去。

金山王说:"让我先试试这些宝贝是不是有用吧!"于是,他穿上披风和鞋子,拿起宝刀,许愿说:"让我回到金山国吧!"

一眨眼的工夫,他就到了那里。巨人们现在什么也不用争了,他们什么宝物也没了。金山王虽然回到了自己的国家,却并不高兴,因为他听说,王后要与另外一个王子结婚了。金山王非常生气,他披着披风,来到城堡,站在王后身边。没有人能看到他,他想做什么就做什么。他想捉弄王后,于是,他把

仆人端给王后的食物吃掉，把王后杯子里的葡萄酒喝掉。

王后非常恐惧，回到自己的房间放声大哭："天哪！我到底做错了什么？我的丈夫为什么还不来救我呢？"金山王在一旁听到了，说："虽然你曾经抛弃了我，可我还是会原谅你。"于是，他脱下披风，现出原形，牵着妻子走了出去，对大家说婚礼结束了，以前的金山王已经回来了，让大家离去。可是那些人都非常刻薄，他们嘲笑金山王，还要来抓他。金山王抽出宝刀，念了咒语，那些人纷纷逃走了。一切结束后，他又成了金山王。

不说谎的人

从前,有一个穷苦的老农民。临死前,他把一张弓、一把旧宝剑和一支笛子留给了儿子斯温。等把父亲安葬后,斯温就带着这些东西出发了。这天,斯温来到了国王的都城,恰好遇到国王在招总管,他决定去碰碰运气。

"看你背着一把弓,射术应该不错吧?"国王问。

"比我射得好的人还很多,不过让我射中公主手中的樱桃核应该没有问题。"说完,斯温举弓便射,只听"啪"的一声,樱桃核被射中了。

"那你的剑舞得也同样好吗?"国王高兴地问。

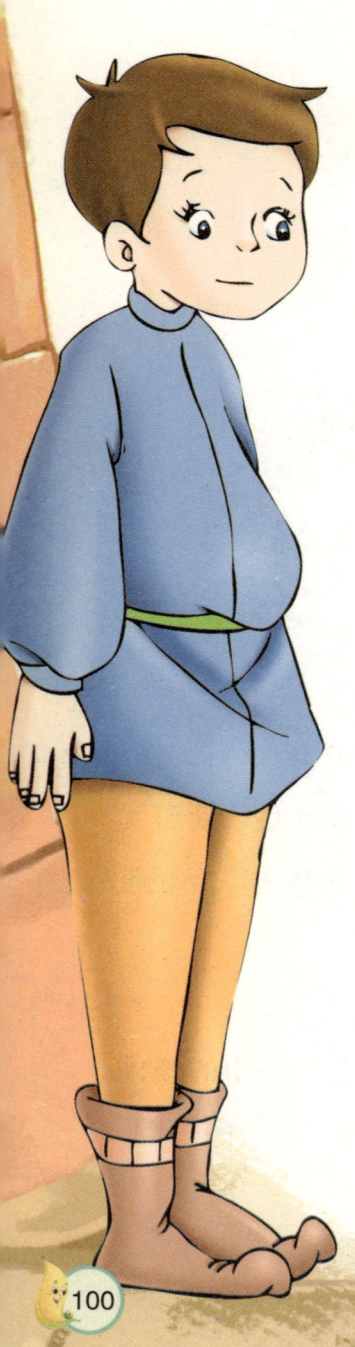

"比我好的人一定还有。"斯温回答道。

"你真是一个奇怪的小伙子,"国王不解地说,"别人都喜欢把自己说得非常好,而你似乎并不这样想啊。"

斯温说:"我也想说自己样样都很棒,但事实并非这样。我只是不想说谎。"

"你说谎!"国王吼了起来,"世界上没有从不说谎的人。"

这时,远处跑过来一只猫。斯温轻轻一挥剑,把剑上那根最细的猫毛呈给国王看。

"把你的音乐天赋也拿出来给我们看看吧。"国王看到斯温还有一把笛子,又提出了要求。轻柔的笛声响起,在场的人都陶醉了。

"好吧,你就留下来做我的侍卫,今晚你就得站岗。我们先去吃饭吧!"说完,国王把斯温领到宴客厅,还把最好的菜放到他面前。吃完饭,国王吩咐斯温在他的卧室门口站一晚上。

"当心,别睡着了。否则,你的脑袋就不保了。"国王叮嘱道。

为了让自己保持清醒，斯温一直都站在风口上一动不动，让冷风吹着自己。可是不知道为什么，他觉得今晚特别特别困。最后，他竟然不知不觉睡着了。

第二天，斯温还是在国王起床前醒来了。

"把王冠拿给我！"国王洗漱完毕后，吩咐道。

"王冠没有了。"斯温答道。

"不要跟我开玩笑。"国王严肃地说。

"是真的。"

"那把金表给我。"国王又说。

"金表也不见了，它们都被贼偷走了。我在站岗的时候睡着了。"斯温回答说。

"看来你死定了。"国王生气地吼道，"那你怎么不逃走？"

"如果我走了，你怎么砍我的头呢？"斯温回答。

这时，公主恰好过来给国王请安。听了国王和斯温的对话后，公主苦苦地哀求国王饶恕斯温。"我相信，斯温没有什么过失。他决不会在站岗时睡着。一定是哪个嫉妒他的坏蛋陷害他。"公主争辩道。

"公主,谢谢你这么信任我。但是,我真的在站岗的时候睡着了。"斯温平静地说。

"哈哈哈哈!"国王忽然大笑起来,说,"斯温,你真是一个不会说谎的好人呀!其实,是我昨天故意在你的食物里放了安眠药。等你睡着后,我拿走了王冠和金表,并且我还打开了后门。可是,你并没有逃走。面对砍头的危险,你还是坚持说了实话。"

"哦!"斯温恍然大悟,说,"原来你在考验我。你欺骗了我,是不是应该受到处罚呢?"

"哈哈!"国王没有责怪斯温那么大胆的话,反而兴致勃勃地说,"你要我受什么样的处罚呢?把公主许配给你,可以了吗?"

公主听了,脸上立刻泛起了红晕。其实,从她刚才为斯温辩解的样子,国王就知道她爱上斯温了。当然,斯温见公主那么维护和相信自己,心里非常感激。并且,公主本身也是个美丽的姑娘，斯温自然也爱上了公主。

第二天，国王为斯温和公主举行了婚礼。婚礼上，斯温换上了华丽的礼服，他和公主站在一起，就像是从画中走出来的漂亮人物。

在他们卧室的墙上，挂着斯温的弓、剑和笛子。"亲爱的，除了它们，我一无所有。"斯温搂着妻子说，"可是，是它们让我和你在一起的，它们已经是我最重要的东西了。所以，现在我把它们都送给你，好吗？"

就这样，斯温和公主开始了自己的幸福生活。

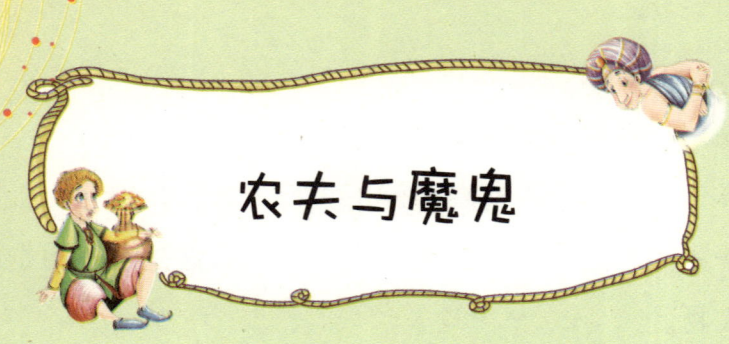

农夫与魔鬼

从前,有一个农夫,别看他出身卑微,没读过书,可要论智慧,他比那些夸夸其谈的王公贵族厉害得多。

一天傍晚,农夫干完活,正准备回家。突然,他发现田里竟燃起了大火。农夫慌了手脚,跑过去想探个究竟。原来是一个浑身黝黑的魔鬼在烧一堆财宝玩儿。

农夫见了,大声问道:"你烧的这些东西是财宝吗?"魔鬼回答说:"对,没错!"农夫接着说:"你在我的田里烧财宝,那这些财宝就该归我所有。"魔鬼满不在乎地说:"你喜欢,统统拿去好了,我可不在乎这些东西。不过,明年你得把一半的庄稼给我。"

"好的，没问题，"农夫觉得这笔交易很划算，就答应了，并与魔鬼约法三章，"那就地上的给你，地下的归我，好吗？"魔鬼听了，满意地点了点头，高高兴兴地走了。

第二天，聪明的农夫就把地里种的草莓全拔掉，改种了胡萝卜。到了收获的季节，魔鬼提着篮子来收农夫的草莓，才知道自己上当了。按照约定，地上的归魔鬼，地下的归农夫。于是，魔鬼只得到了一篮子萝卜叶。魔鬼不服气，赶紧把约定改成了地下的归自己，地上的归农夫。农夫听了，毫不犹豫地答应了。

第二年春天，聪明的农夫种了麦子。等麦子熟了，魔鬼自然收不到地下的胡萝卜了。最后，魔鬼气得一句话也说不出来，他扒开一条地缝钻进去了。

三兄弟

很久以前,有一个老人,他膝下有三个儿子。老人深知自己时日不多,便想着法子让三个儿子多分得一些财产,可他除了这栋房子外,再也没有什么像样的财产了。到底该把房子分给谁呢?老人想来想去拿不定主意,因为每一个儿子他都非常喜欢。

有人得知老人的烦恼后,便向他建议:"你可以把房子卖掉换成钱分给他们呀,这有什么难的?"老人却说这房子是祖上传下来的,说什么也不肯卖掉。

一天,老人看着三个碌碌无为的儿子,灵机一动,有了主

意。他把儿子们叫到床前，说："孩子们，我即将升入天堂，也没什么可留给你们的。你们现在就去学一门手艺，谁的手艺学得最精湛，我就把这套老房子留给谁，你们觉得如何？"

三个儿子听了，都觉得这个主意很公平，就一起离开了家，向城里走去，并约定好三年后回家比试。

不久后，三个兄弟都各自找到了自己喜欢的技艺。老大来到铁匠铺，跟着一个铁匠学起了打铁。老二跟着一个剃头匠学起了修面。老三则打算做一名剑客。幸运的是，他们三个都有一位不错的师傅：老大的师傅是为国王钉马掌的铁匠，老二的师傅是专为达官贵人修面的剃头匠，老三的师傅则是一位战功卓著的骑士。

老大和老二在学习本领时，都非常顺利，几乎没有吃什么苦，为了得到房子，他们拼命地干活。而老三就惨了，他被骑士打得遍体鳞伤，不是被罚就是干重体力活，似乎没学到什么本领。可骑

士不这样认为,他对心灰意冷的老三说:"孩子,请记住,要学到真正的本事,不吃苦是绝对不可能的。你现在吃苦越多,本领就越强。"虽然老三对骑士的话有些半信半疑,但为了学到本领,他还是咬牙挺了过来。

转眼间,三年过去了,三兄弟按约定回到了家,回到了父亲身边。可面对空空的房子,该怎么展示各自的技艺呢?

三兄弟正为此烦恼,这时,门外突然出现了一只兔子。老二见了,如获至宝,他赶紧把兔子抓进屋,像模像样地给兔子理了一个最新潮的胡子。

父亲见了,笑得合不拢嘴,对老二的手艺大加赞赏。没过多久,一辆马车从门前路过。老大见机会来了,赶紧跑上去,给马的脚掌钉上了一串串结实的钉子,漂亮极了。

父亲见了,连声说道:"不错不错,干得又快又好,看来房子应该给你才对。"

听父亲这么一说,老二不服气了,和老大争论了起来。就在

这时，天空突然下起了小雨。老三见了，不慌不忙地冲到雨中，舞起了剑。雨越下越大，老三的剑也舞得越来越快，没多久，大家只能看到剑模糊的影子。

雨停后，老三收住剑给大家看：他的衣服上面竟然连一滴雨点也没有，这真是太神奇了。父亲和其他两个兄弟见了，都不禁连连称赞。

最后，老三无可争议地得到了房子，两个哥哥口服心服。然而，老三并没有把哥哥们赶出家，而是让哥哥们留了下来。哥哥们感动极了，再也不争强好胜了。他们团结起来，靠着各自的本领挣了许多钱。

后来，三兄弟相继去世了。人们都非常敬佩他们，便把他们合葬在了一起，成了兄弟亲如手足的典范。

阿诗玛

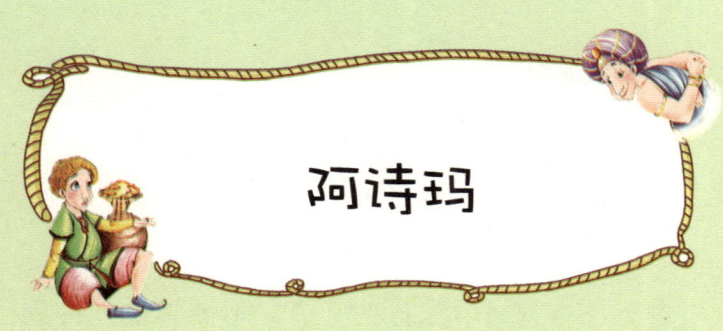

很久很久以前,有一个美丽能干的女孩叫阿诗玛。火把节那天,阿诗玛遇到了勤劳勇敢的小伙子阿黑哥。阿黑哥不仅会吹笛子、弹三弦,骑马、射箭也很厉害。阿黑哥爱上了阿诗玛,两人订下了亲事,日子过得非常幸福。

一天,阿诗玛去城里赶集,不料被财主热布巴拉的儿子阿支一眼看上了。阿支见阿诗玛长得亭亭玉立,楚楚动人,非要娶阿诗玛为妻不可。

　　财主请来能言善辩的媒人,带着丰厚的礼物去提亲。阿诗玛说:"不,我只爱阿黑哥,你们还是回去吧。"

　　媒人不甘心,威胁说:"如果不肯嫁,老爷发火跺跺脚,山都要摇三摇。"阿诗玛一点儿也不害怕,还将媒人赶了出去。

　　转眼秋天到了,阿黑哥赶着羊群去南方放牧。财主派打手和家丁抢走了阿诗玛。

　　阿支拿出珍珠和宝石,说:"只要跟着我,这些都是你的。"

　　阿诗玛说:"我不稀罕。"

　　阿支又拿出用金线编织的衣裙,说:"只要跟着我,这些都是你的。"

　　阿诗玛还是说:"我不稀罕。"

　　阿支很生气,说:"如果不从我,我就狠狠地鞭打你。"

　　阿诗玛还是不答应。财主一急,将阿诗玛打得遍体鳞伤。

　　阿诗玛被关进了黑牢,她对鸟儿说:"快去帮我找到阿黑哥,让他来救我!"

阿黑哥正在牧羊，小鸟飞来说："快回家，阿诗玛有危险！"

阿黑哥骑上快马，连夜走过三座大山、六个悬崖、九条大河，来到了财主老爷家。

为了不让阿黑哥带走阿诗玛，热布巴拉父子出了许多难题来刁难阿黑哥。

财主说："你必须和我儿子对歌，赢了才准进门。"阿黑哥站在黄果树下，一首接一首，唱得阿支一句也对不上来。

最后财主说："今天太晚了，明天我再放阿诗玛出来。"

到了半夜，财主让家丁放出三只饿虎，想要咬死阿黑哥。阿黑哥拿出弓箭连射三下，老虎纷纷倒地。财主耍赖关上了大门，坚决不放阿诗玛。阿黑哥将第一支箭射进了财主家的大门，大门立即打开了。第二支箭射在屋梁上，房屋开始摇摇晃晃。第三支箭射在供桌上，吓得财

主脸色苍白,他马上放了阿诗玛。

眼睁睁地看着阿黑哥带走了阿诗玛,热布巴拉父子才不肯善罢甘休呢。很快,他们又想出了一条毒计。

知道他们要过河,财主和家丁搬掉了上游的岩石,滚滚洪水顷刻涌下来,将阿诗玛卷进了旋涡中。阿黑哥拼命想要拉住阿诗玛的手,却被洪水冲开了。他到岸边寻找阿诗玛,一直找到雨天变晴天,大河成为小河。

最后,他在石林中发现了一尊酷似阿诗玛的石像。阿黑哥悲哀地喊了一声:"阿诗玛!"

石像也同样应声:"阿诗玛!"

阿黑哥对着石像弹三弦、吹笛子、唱山歌,石像就会和着弦音和笛声,唱起山歌来。

夺宝男孩

很久以前,有一户穷苦人家住在黄河边上,依靠每日割芦苇、编杂物为生。有一天,穷人家的儿子在河边割芦苇,太阳照得河水闪耀着粼粼波光。

突然,男孩想起父亲曾讲过,河的最深处有许多珍宝,被一条叫做骊龙的凶猛黑龙守护着,便自言自语:"与其这样天天受苦,不如下去拼一拼,苦和累就这一次。说不定能得到一个宝贝,从此家人就不用挨饿了。"于是,他脱下衣服,一头扎进了深不见底的河里。

刚开始,男孩还能看到身边有鱼儿。越往下游,鱼儿和水草都不见了,光线也越来越弱。

就这样,男孩游啊,游啊,四周漆黑一片,他彻底迷失了方向,不知道该往哪里游才好。

突然,男孩的眼前出现了一缕闪烁不定的亮光。他屏住呼吸游了过去,发现了一颗巨大的明珠。男孩稳住步伐,调整了

一下呼吸，将手伸过去使劲一拽，把明珠搂在了怀里，然后快速地游啊游，浮出了水面。

男孩回到家，将硕大的明珠交给了父亲，还把自己在水底的经历叙述了一遍。

父亲惊呼起来："这颗明珠是长在黑龙下巴底下的那颗，你摘它的时候黑龙肯定在睡觉。它要是醒着，你可就没命了。"

男孩说："辛苦冒险一次，全家都能得到安宁，这样的冒险值得！"父亲将明珠拿去换回了很多钱，买了一块地，他们一家终于过上了富裕无忧的生活。

半拉子鸡

　　母鸡妈妈安静地坐在草垛上，享受着初夏里和煦的阳光，身下是它的宝贝鸡蛋。母鸡妈妈正满怀喜悦地等待自己的宝贝们出世呢。

　　"啪啦"一声，其中一个鸡蛋壳裂开了。紧接着又是一阵蛋壳裂开的声音，小鸡一个个露出毛茸茸的小头，蹬掉身上的蛋壳，跳了出来。母鸡妈妈脸上的笑容也越来越灿烂，它用翅膀上的羽毛在小鸡们的身上轻轻地摩挲着。

"咦?"母鸡妈妈突然摸到一个光滑的鸡蛋,原来还有一只鸡没孵出来呢。母鸡妈妈正准备继续坐上去孵化,忽然,那个鸡蛋也裂开了一条细微的缝,一只小鸡正用它的小嘴啄开蛋壳呢。那些先孵化出来的小鸡和母鸡妈妈都过来围观。

"呀!"等这只小鸡跳出蛋壳的时候,全体小鸡和母鸡妈妈都惊呼起来。

原来,这是一只非常奇怪的小鸡,它除了头是完整的,身上其他部位,例如嘴啊,翅膀啊,腿啊,眼睛啊,通通只有一半。所以,大伙儿都叫它"半拉子"。

半拉子虽然长得十分与众不同,但是它一点也不自卑,反而很勇敢。它告诉妈妈,它要到外面的世界去看看。虽然妈妈极力反对,但是最后还是拗不过半拉子,只好同意了。临走时,那些小鸡还嘲笑它,说它不知天高地厚,很快就会灰溜溜地跑

回来的。

一路上，半拉子的确遇到了很多困难，但是它都勇敢地去面对，从来不逃避。那些困难一个接一个被半拉子解决了，半拉子独立生活的能力也越来越强了。

一天，半拉子在森林里遇到了小溪，它发现溪水被水草缠着流不动了。虽然天气很寒冷，水很凉，半拉子还是勇敢地用自己的半张嘴和半只翅膀挑走了水草。"哗啦哗啦！"小溪开心地笑了，它对半拉子说，"谢谢你，我会报答你的。"

后来，半拉子又在森林里遇到了篝火，它因为没有木柴，快要熄灭了。半拉子为篝火捡来了好多枯枝，让篝火可以重新旺起来了。

"唉！"半拉子路过一棵大树时，隐约听到了一声叹息，那叹息声里有多少伤心和无奈啊。半拉子抬头一望，原来是风姑娘被大树的枝条阻挡着，走不了了。"别急，"半拉子安慰风姑娘道，"我马上就来帮你。"说完，半拉子用自己的半张嘴开始啄起大树来。那又厚又粗糙的老树皮，把半拉子的嘴都弄痛了。半拉子并没有放弃，反而越来越用力。后来，大树忍不住疼痛，抖动了一下树枝，风姑娘趁机逃走了。

当尖尖的高塔、矗立的大楼、美丽的街心花园展现在半拉子眼前时，它知道它终于来到了一个自己希望到达的地方。"这里的世界一定会非常精彩。"半拉子在心里暗暗地想。

突然，一只肥胖的大手抓住了它的身体，原来半拉子被一个胖厨师发现了。

"哈哈，一锅美味的鸡汤和鲜嫩的鸡肉就要上桌了。"胖厨

师说着就把半拉子扔进了锅里。他在锅里加满了水,并在灶下生起了熊熊的大火。"呵呵。你不认得我了吗?"水一边远离半拉子,一边说道,"我是你救过的小溪啊。我说过要报答你的。"

就这样,水只在半拉子身边打转,却一点也不碰它。灶里的火看到了半拉子,也想起它曾经在森林里救过自己,于是也使劲地把自己的头向灶外偏去,结果半拉子一点也没被烫着。

过了一会儿,胖厨师想来看看自己的鸡汤怎么样了。他刚一揭开锅盖,半拉子就跳了出来,拼命地往外跑。

可是,它只有一只脚,哪里是厨师的对手呢。厨师很快追了上来,抓住了半拉子的尾巴。半拉子用尽全身力气跳了起来,

挣脱了厨师肥大的手。厨师正准备扑过去,突然,他看到半拉子竟然飞了起来,而且越飞越高,自己根本够不到了。

原来,风姑娘在附近游玩的时候,发现了半拉子。它卷下来一团云把半拉子稳稳地托到空中,向远方飞去。

"多漂亮的教堂啊。"半拉子经过教堂时感叹道,"不过教堂的塔尖更好看。"于是,风姑娘把半拉子放在了塔尖上,让它好好地欣赏整个城市的风景。这些风景是半拉子那些胆小的兄弟姐妹永远无法看到的。

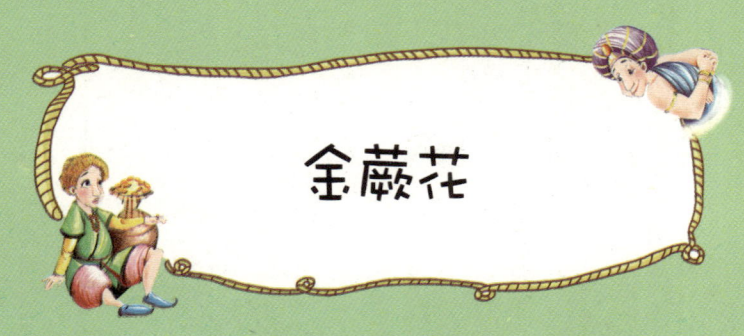

金蕨花

每年圣诞节前夜,森林里会开出一朵金蕨花,得到它的人,就可以得到永久的幸福。雅克自幼熟悉这个传说,暗自发誓:"我一定要拥有它!"

又到了圣诞节的前夜,十七岁的雅克信心百倍地走进了森林。历经千难万苦,他如愿找到了金蕨花。金蕨花说:"你愿意任何时候都不同任何人分享自己的幸福吗?如果你答应,我就让你享受永久的幸福。"

雅克毫不犹豫地点点头，说："让我成为一个大老爷吧！"话音刚落，他立刻穿上了奢侈的服装，走进了一座高大的城堡里，开始尽情地享受，完全不去想家里的亲人。他不知道，就在这段时间里，父亲为了寻找他摔断了大腿，母亲因思念儿子茶饭不思。

几年过去了，雅克厌倦了自己的幸福生活，一心只想见父母。雅克坐进马车，说："带我回家去看一看！"话音刚落，他就停在自家破旧的小院里，看到瘦弱的妈妈走出来，雅克赶紧迎了上去，叫了一声"妈妈"。

老太太说："不！你是尊贵的大老爷，我的儿子如果还活着，不会让自己的母亲在家受苦。"

雅克哭了起来，正想掏出身上的金币，耳边猛地响起了金蕨花的警告。雅克不想失去幸福，马上停止了动作，硬着心肠离开了小院。

　　回到城堡的雅克继续享受穿不完的华服，吃不完的美食，可母亲的样子总会浮现在他的眼前。雅克终于忍不住了，再次回到自家小院。此时，他的母亲卧床不起，父亲在几天前被饿死了。雅克真想马上进屋探望母亲，也真想掏出金子留到门外，但他再一次害怕了，奔跑着离开了家。

　　以后的日子里，无论雅克怎么唱歌跳舞，怎么尽情喝酒，都无法得到一丝的快乐。雅克最后决定说："无论发生什么，我都要回去帮助他们！"

　　等到雅克回到小院，母亲却早已离开了人世。雅克悔恨不已，说："都是因为我的自私，他们才失去了生命。让我也死了吧！"话音刚落，雅克就掉进了大地裂开的口子中，再也没有出现过。